KB083271

모비딕,

삶과 운명을

탐사하는

두 개의 항해로

모비딕, 삶과 운명을 탐사하는 두 개의 항해로

발행일 초판1쇄 2020년 8월 23일 | **지은이** 오찬영
펴낸곳 북드라망 | **펴낸이** 김현경 | **주소** 서울시 종로구 사직로8길 24 1221호(내수동, 경희궁의아침 2단지) |
전화 02-739-9918 | **팩스** 070-4850-8883 | **이메일** bookdramang@gmail.com

ISBN 979-11-90351-22-5 03800 | 이 도서의 국립중앙도서관 출판예정도서목록(CIP)은 서지정보유통지원시스템 홈페이지(http://seoji.nl.go.kr)와 국가자료종합목록 구축시스템(http://kolis-net.nl.go.kr)에서 이용하실 수 있습니다.(CIP제어번호: CIP2020033252)

책으로 여는 지혜의 인드라망, 북드라망 **www.bookdramang.com**

북드라망 클래식

모비딕, 삶과 운명을 탐사하는 두 개의 항해로

오찬영 지음

머리말

무슨 시절 인연이 닥쳐온 건지 당최 감도 안 잡힌다. 흰고래와 미국과 신에 대하여 다룬 글을 쓰고 또 책을 내게 되다니 말이다. 사실 이 책에 담아낸 질문과 구상들은 오래전부터 품고 있었던 것들이다. 그래서 책을 들여다보고 있으면 얼핏 나만 맡을 수 있는 냄새가 아주 희미하게 난다. 대학 시절, 도서관의 끝없이 우뚝 선 갈색 책장 사이를 즐겁게 헤맬 때 맡은 냄새 말이다. 대학의 도서관은 내게 경이로움 그 자체였다. 그곳에서 내가 태어난 세계가 깨졌고, 수많은 문들이 열리고 닫혔다. 지금도 내가 모교에 대한 감사와 애정을 간직하고 있는 이유다. 도대체 무슨 말을 하는 건지 하나도 못 알아먹겠는 전공 시간을, 강의실 뒤편에 앉아 좋아하는 책을 내리 읽는 것으로 4년을 채웠다.

처참하게 말아먹은 학점 덕에 나는 안정된 직장과 높은 연봉, 스위트홈 같은 소망은 일찌감치 내다버렸다. 그리고 현재 백수와 회사원을 왕복하는 계약직을 전전하며 살고 있지만, 그래도 후회하진 않는다. 다시 대학으로 돌아가라고 한다면 또 그렇게 할 것 같다. 그 끌림은 어쩔 수가 없다.

대학 시절의 읽기가 유독 기억에 남았던 건, 바로 '쓰기'가 있었기 때문이다. 나는 글쓰기란 둑이 터지는 과정과도 같다고 생각한다. 일정량의 수위를 넘어가는 입력(읽기)이 계속되다 보면, 어느 순간 봇물 터지듯 출력(쓰기)이 줄줄이 나오는데, '쓰지 않고'는 견딜 수 없게 되는 순간이 문득 찾아온다. 적어도 나의 경우는 그랬다. 쓰기 위해서는 읽는 것이 먼저이지만, 사실 읽다 보면 자연스럽게 쓰게 된다. 신과 믿음, 삶과 운명에 대한 모든 단상들도 그때 만들어졌다. 책들은 끊임없이 질문을 던졌고 나는 반응하지 않을 수 없었다. 고개를 갸웃거리며 만들어 간 물음표들과 새롭게 쥐어진 느낌표들로 종이를 채워 나갔다. 대단한 자랑을 하려는 게 아니다. 캠퍼스에 섞이지도 못하고 늘 언저리를 맴돌던 아웃사이더가 취할 수 있는 유일하고 절박한 몸짓이 바로 글쓰기였다. 그때 나는 많이 외로웠고 또 혼란스러웠다.

매일의 일상을 비롯해 그날 읽은 텍스트들을 아주 꼼꼼히,

열심히 써 내려갔다. 그러나 정작 나는 쓰기 작업에 대해 어떤 의미도, 가치도 부여하지 못했다. 심지어는 내가 왜 쓰고 있는지조차 몰랐다. 써 내야만 몸 깊은 곳에서 깃털같이 쿡쿡 솟는 간지러움을 딱딱 짚어 벅벅 긁는 것만 같은, 효자손 같은 용도로서의 글쓰기, 딱 그 정도였다. 깊이 빠져든 글쓰기의 재미와는 별개로, 지금 자신이 뭘 하고 있는지 정확히 알지 못하는 자에게 남겨진 것은 사실 아무것도 하고 있지 않다는 자괴감이었다. 대학 졸업을 앞두고 마음은 심란했다. '이대로 졸업할 수는 없는데' 하며 마땅히 얻어야 할 것을 얻지 못한 채권자처럼 나는 학교를 쉽게 떠나지 못하고 머뭇거렸다. 좀 더 나은 취업 정보나 학점 같은 것을 위해서가 아니었다. 응당 대학교에서 정말로 가르쳐 줘야 할 것은 가르쳐 주지 않았다는, 또 내가 진짜로 배워야 할 것은 배우지 못했다는 기묘하고 은근한 허무함이 계속 내 발목을 잡았다.

그러다가 인터넷에서 강의 하나를 우연히 봤다. "니들이 대학 시절에 해야 할 단 한 가지가 뭔 줄 알아? 바로 글쓰기야, 글쓰기!" 강당 앞으로 튀어나와 학생들에게 반말로 일갈하는 사람이 나왔다. 특이한 분이네. 글쓰기라니, 그 누구도 그런 말을 한 적이 없었다. 난 그제야 무의식적으로 계속해서 실행해 왔던 쓰기야말로 내가 마땅히 해야 할 바로 그 무엇이었음을 깨달았다. 어쩌면 4년의 시간 동안 내가 삶에 대해 마냥 손놓고 있었던 건 아닐지도 모른다는 생각이 들었다. 그렇게 미련 없이 대학 생활을 정리하고 떠났다. 그 특이한 분이 바로 고미숙 선생님이다.

『모비딕』을 읽고 쓰는 1년은 대학 시절이 남긴 생각의 조각들을 입 밖으로 꺼내고 펜 끝으로 써 내려가며 직접 대면할 수 있었던 시간이었다. 허공을 떠다니는 것 같았던 질문들이 종이 위에서, 또 내가 만들어 낸 맥락의 흐름 속에서 구체적으로 물화되는 걸 볼 때마다 떨 듯이 기뻤다. 그런 기회가 주어진 건 다시 없을 축복이었다. 이제 혼자 끄적이고 마는 글이 아니라, 나를 지켜봐 주는 여러 쌍의 눈과 귀들 속에서, 난상토론의 결과물로서 글이 쓰이기 시작했다. 특히 고전을 만나 가장 벅찼던 건, 내 고민의 지점들이 결코 나 혼자만의 것이 아니었음을 문득 발견했을 때였다. 그건 고전을 읽는 자만이 알 수 있는 아주 자랑스러운 우주적 연대 같은 것이다. 모두가 자신의 삶 속에서 한 번쯤은 생각했을 법한 보편적 질문들이 천재들의 생을 건 탐사를 거쳐 삶의 윤리와 비전으로 변환되는 과정을 모두 담은 것이 고전이기 때문이다. 그리하여 마침내 고전은 불멸한다. 가장 근원적인 질문을 함께 공유하는 벗으로서 고전을 마주할 수 있음을 안 것, 이것이야말로 감이당에서 얻은 가장 큰 수확이다.

허먼 멜빌은 쓸쓸한 노년기를 보내고 죽음을 맞이하며 과연 상상이나 할 수 있었을까? 그가 세상을 떠나고 정확히 200년 뒤인 2019년에 저 먼 동양의 어떤 나라에서 한 청년이 자신의 책을 읽고 고군분투하며 글을 쓰고 엮게 된다는 것을. 그의 흰고래를 벗 삼아 사계절을 함께하며 일상의 실험을 해봤다는 걸. 그가 창조한 이 사랑스러운 괴물은 나로 하여금 삶과 운명을 탐구하는 두 가지 다른 방식의 길을 안내한다.

사방팔방 길이 펼쳐진 이 멋진 작품 속에서 누구든 자신만의 길을 낼 수 있을 텐데, 나 같은 경우는 대조하면 참 재밌겠다 싶은 캐릭터 둘을 발견했다. 이 둘의 항해로를 선명하게 그려나가는 과정은 또한 나를 둘러싼 모든 접점들을 두 가지 방식으로 탐구하는 것이기도 했다.

첫번째는 에이해브 선장이다. 그는 진리와 자연을 대하는 서구 문명의 원형 그 자체다. 그의 항로를 따라가면서 내가 믿었던 근대적 가치들과 신을 둘러싼 모든 전제들을 하나씩 풀어갈 수 있었다. 두번째는 이슈메일이다. 독특한 아웃사이더인 그의 항해로는 앞으로의 철학함에 있어서 공부의 비전과 방향성을 깨닫게 했다. 그는 내게 죽음과 비극으로 점철된 무거운 앎이 아닌 삶에 기반한 지혜와 유쾌함으로 가득한 신체성을 알려주었다. '나'라는 인간의 계보학을 거슬러 올라가면서 동시에 새로운 비전의 가능성까지 발견할 수 있다니, 이 정도면 이 둘은 내 인생의 훌륭한 '사부님'으로 모셔도 부족함이 없다.

그리고 『모비딕』은 도발한다. '고래의 이마에 새겨진 경외스러운 칼데아 문자'를 읽을 수 있는 자, 한 번 읽어 보라고! 이에 응답하고자, 열렬히 마음에 품었던 이 흰고래에 대한 내 나름의 미숙하고 서툰 독법을 아주 조심스럽게 세상으로 띄워 보낸다. 2세기 전 뉴욕의 외로운 작가 한 명이 흘리고 간 작품 하나가 한 청년의 1년을 책임졌고, 누군가의 강의 한 자락이 방황의 시절을 기꺼이 여밀 수 있는 단단한 이음새가 되어 주었다. 지금 이 순간에도 어떤 말과 글이 시간을 넘고 공간을 건너 뜻밖의 이름 모를 이에게 닿고 있을지 도통 알 수가 없다. 책을 내는 것으로 이런 접속 과정에 동참하게 된 것은 너무나 큰 영광이다. 읽고 쓰는 것이 재밌고 함께하는 것이 즐거워서 열심히 해갔던 과제에 여러 인연들이 기꺼이 관심과 마음을 내주어 오롯한 책의 꼴을 갖추게 되었다. 모두에게 무한한 감사의 말씀을 드리고 싶다.

| 일러두기 |

1 수많은 『모비딕』 판본 가운데 이 책에서 인용하는 원서는 www.planetebook.com에서 제공하는 전자책(ebook)이며, 국역본은 『모비딕』, 김석희 옮김, 작가정신, 2011 판본을 주로 하고 『모비딕』, 강수정 옮김, 열린책들, 2013 판본을 참조하였습니다. 본문에서 『모비딕』을 인용할 때는 인용 문장 뒤에 고딕체로 김석희 옮김의 국역본 쪽수와 더불어 원서의 쪽수를 괄호 안에 다음처럼 적습니다. 『모비딕』, 114쪽(p.126). 다만 부분적으로 강수정 옮김의 국역본을 인용할 때는 책명 다음 괄호 안에 (열린책들)이라고 적어 주었습니다.

2 이 책에 실린, 국역되지 않은 영어 간행물의 번역은 모두 저자의 것입니다.

3 단행본·정기간행물의 제목에는 겹낫표(『 』)를, 단편·시·노래 등의 제목에는 낫표(「 」)를 사용했습니다.

4 인명·지명 등 외국어 고유명사는 2002년에 국립국어원에서 펴낸 외래어표기법을 따라 표기했습니다.

목차

프롤로그

상실의 위험에도 돛을 단다

"그럼 세계를 보는 것에 대해선 어떻게 생각하나? 혼 곶을 돌아서 세계를 더 보고 싶나? 응? 지금 자네가 서 있는 곳에서는 세계를 볼 수 없나?" 『모비딕』, 114쪽(p.126).

『모비딕』을 읽어 나갈 때, 캐릭터가 작품 밖으로 튀어나와 내게 얼굴을 들이밀며 말을 걸고 질문을 하는 듯한 느낌을 받을 때가 종종 있다. 그러면 나는 움찔하며 그에게 어떤 반응을 보여야 할지, 또 어떤 대답을 할지 마음속으로 조용히 중얼거려 보는 것이다. 바로 이 대사가 그랬다.

『모비딕』의 장엄한 항해 서사가 본격적으로 펼쳐지기 전, 주인공 이슈메일이 식인종 친구 퀴퀘그와 피쿼드 호에 올라타기 위한 육지 여행을 하는 것으로 길고 긴 서문이 펼쳐진다. 지갑은 점점 가벼워지는 데다가 우울증과 신경증까지 겹친 이 청춘은 온몸으로 감지한다. "되도록 빨리 바다로 나가야 할 때가 되었구나."

꼬박 3년의 시간 동안 육지를 보지 못한 채 먹고 자고 생활해야 하는 배를 그 자리에서 즉각적으로 점찍는데, 충동적인 젊음의 기질이 가장 잘 드러나는 장면이다. 마음 가는 대로, 몸 가는 대로! 이슈메일이 선택한 피쿼드 호의 관리 선장 펠레그는 세상을 여행하고 싶다는 이슈메일의 낭만적인 포부에 찬물을 끼얹는다. 세상 만물의 비의를 알아내기라도 하겠다는 듯, 모든 고난과 불행을 딛고 불굴의 의지를 바다에서 한번 시험해 보겠다는 이 풋내기의 열정이 세파에 닳을 대로 닳은 늙은 선장의 눈에 어떻게 비쳤을지는 안 봐도 비디오다. 저 너머의 세계를 꿈꾸며 먼 파랑새를 좇는 몽상으로 젊음의 나날은 채색되기 마련이고, 언제라도 세상을 다 뒤집을 수 있을 것 같은 자신감과 앎을 실천하고자 하는 들뜬 열정이야말로 청춘의 특징이니까.

따라서 새파란 예비 신입인 이슈메일은 먼 세계로 나아가기 위한 일종의 자격 면접을 치르고 있는 셈이고, 노련한 선장 펠레그는 그를 심사할 근엄한 면접관이다. 한때 큰 배를 총괄하고 지휘하며 온갖 종류의 경험치를 다 쌓은 선장의 눈에는 이슈메일의 흥분 어린 열정이 거슬렸던 것일지도 모르겠다. 그래서 그는 슬쩍 이슈메일을 도발해 보는 것이다. 네가 지금 발 딛고 서 있는 곳에서는 세계를 볼 수 없냐고. 굳이 위험한 모험과 죽을 고비를 넘겨야만 세계를 볼 수 있는 거냐고.

이슈메일이 어떻게 대답했는지는 책에 구체적으로 나와 있지 않다. 그저 그가 어떻게든 이 배를 타겠노라 항변하고, 펠레그 선장이 수락하는 장면만 서술로 잠깐 나올 뿐이다. 유독 이 질문 앞에서 고민에 빠졌던 것은 공부를 하고 책을 읽고 글을 써 나가는 모든 과정이 내게는 '모비딕'을 찾아 나서는 모험과 비슷하게 다가왔기 때문이었다.

나라면 어떻게 대답했을까? 왜 굳이 머나먼 항해를 떠나려 하느냐고, 네가 딛고 선 땅에서 볼 수 있는 것은 없느냐는 질문에 뭐라고 대답할 수 있을까? 이제 막 포경선에 올라타려는 이슈메일과 퀴퀘그처럼 모든 사람들에게 인생에서 한 번쯤은 자신이 태어나고 자란 육지를 떠나야 할 때가 온다. 이 험난한 여행을 위해서는 여러 가지가 필요하겠지만, 가장 조심스럽게, 또 신중하게 챙겨야 할 동반자는 철학이 아닐까? 이제 막 돛을 달고 출항하려는 배에게 있어서, 순간순간의 방향키를 조정하고, 항로를 계획하며, 폭풍을 만났을 때 대처하는 법을 알려 주는 매뉴얼이 바로 철학일 것이다. 나에게 있어서 육지란 가족을 기반으로 세워진 종교적 세계관과 신앙을 의미했으며, 대학 시절을 거쳐 만난 새로운 바다는 바로 철학이었다. 바야흐로 안락한 육지를 뒤로 한 채, 이제 망망대해를 앞두고 내 안의 매뉴얼이 싹 갱신되어야 할 때가 온 것이다. 철학이라는 이름으로.

* * *

나는 독실한 기독교 집안에서 나고 자랐다. 이 신앙의 뿌리는 내가 태어나기도 훨씬 오래전, 외할머니가 품었던 씨앗의 산물이었다. 열여덟 살에 시집살이를 시작한 그녀는 시댁의 가혹한 학대와 남편의 지독한 폭력 속에서 예수를 만나 완전히 회심하고 제사를 거부했다. 한국 사회의 엄격한 가부장제에 혹사당하던 당시 할머니 나이대의 여성들은 신의 말씀을 만나는 순간, 그 누구보다도 강렬하게 감응하는 능력이 있었다. 마을에 하나쯤은 있는 오래된 동네 교회를 수십 년에 걸쳐 신실하게 섬겨 온 할머니 권사님들은 보통 이런 전형적인 신앙 코스를 밟고 기독교의 세계에 발을 들인다.

한국 교회를 떠받치고 있는 것은 얼핏 보면 태극기 부대와 늘 쩌렁쩌렁한 마이크를 켜 놓고 흰소리를 날려 대는 험악한 인상의 목사들일 것 같지만, 실질적인 영향력은 바로 이 여성들에게서 나온다. 한국 기독교가 근대를 거치며 엄청난 부흥을 일궈

낼 수 있었던 데에 결코 빠질 수 없는 백발의 잔다르크들. 낫 놓고 기역 자도 몰랐던 이 무지렁이 여성들에게 예수는 주어진 유일한 언어이자 구원이었다. 할머니는 아홉이나 되는 시누이들의 극렬한 반대와 폭압 속에서도 나는 예수쟁이이고, 예수쟁이는 절대 귀신을 섬기는 제사상을 차릴 수 없다며 자신의 신념을 단단히, 소중하게 지켜 냈다. 할머니 인생에서 최초로 이뤄 냈던 쾌거이자 일종의 혁명이었다.

기독교는 그렇게 우리 집안의 핵심 축으로 서서히 자리 잡기 시작했다. 엄마는 할머니의 여섯 자녀 중에서 목사가 된 삼촌과 더불어 가장 신실한 사람이었다. 이런 배경 속에서 내가 태중에서부터 교회를 다닌 건 너무나 당연한 운명이었다. 체구는 콩돌마냥 조그맣지만 태산처럼 꼿꼿한 내면을 가진 두 여인의 확고한 믿음과 신앙을 차곡차곡 내 것으로 물려받으며 자라났다.

그렇지만 슬프게도, 누구의 말마따나 '지상 최대의 쇼'가 막을 내렸다. 엄마는 내가 당신처럼 흔들리지 않는 믿음의 자녀가 되기를 유일한 소원으로 삼았지만, 부모가 바라는 단 하나의 소원을 정확히 빗나가는 것이 바로 자식인 법이다. 더이상 종교적 세계관으로 움직이는 가족의 충실한 구성원이 되는 것이 불가능해졌고, 모든 사건과 존재의 원인을 절대자로 간주하는 대전제 자체가 내 안에서 무너져 버렸다. 그 붕괴가 언제 시작되었는지 결코 알 수 없고, 알아내지도 못할 것이다. 처음에는 그저 성경과 기독교에 대한 소소한 질문으로 시작되었다. 이 작고 작은 질문들이 모여 아주 희미한 금들을 죽죽 긋기 시작했고, 거기서부터 시작된 균열들은 점점 걷잡을 수 없이 커지며 삐걱댔다. 마침내 대학교 시절 만난 책들이 결정타를 날리며 내 신앙은 완전히 해체되었다.

그제야 나는 모든 호모 사피엔스의 의무란 바로 철학일 수밖에 없음을 깨달았다. 그 이전에는 단 한 번도 철학에 대해 생각해 본 적이 없었다. 사상적 기반이 근본부터 흔들리고, 마침내 내면의 세계 하나를 무너뜨리고 나서야 사람이 생각하고 보고 느낀다는 것이 무엇인지, 그 실존적 연결성을 절감한 것이다. 나름의 배움과 공부가 그 신체를 통과하며 축적되지 않는 이상, 그 존재성은 절대 유지되지 않는다. 나라는 존재의 연속성을 결정했던 신앙 체계가 무화되었기에 세계를 해석하는 방식과 삶의 방향성에 관한 공부부터 다시 시작해야 했다. 막 걸음마를 익힌 아이처럼. 이제부터 나는 삶과 죽음을 어떻게 해석해야 하나? 사후 세계가 없는 삶을 어떻게 받아들여야 할까? 오늘 마주쳤던 우연한 사건들의 원인을 계획한 배후가 신이 아니라면, 도대체 누구일까?

철학적 화두가 새롭게 떠오르며 내게는 전과 다른 질문이 찾아들었다. 태중에서부터 교회를 다녔던 나와 달리 절대자를 상정하지 않고 살아온 다른 이들의 삶과 세계관이 정말 처음으로 궁금해지기 시작한 것이다. 우리 집안에서 가장 공부를 잘했던 한의사 사촌오빠는 명절 때마다 드리는 예배와 찬송에 늘 코웃음을 쳤다. 어렸을 때는 오빠가 저러다 지옥에 갈까 봐 현기증을 느꼈었지만, 이제는 진심으로 오빠에게 묻고 싶은 게 많아졌다. 그러니까 주말마다 교회에 가지 않고, 기도에 의지하지도 않으며, 절대자의 시선을 단 한 번도 담지해 본 적이 없는 삶 말이다. 오빠는 어떤 방식으로 세상을 보고 느끼는 것일까? 살면서 찾아오는 온갖 사건들의 원인을 뭐라고 생각할까? 느닷없이 들이닥치는 불행과 고통, 죽음과 상실은 또 어떻게 받아들이는 것일까? 기도하는 손을 잘라 버린 이후의 내게 찾아온 질문은 이러했다.

『모비딕』의 작가 허먼 멜빌(Herman Melville, 1819~1891)은 이 내면적 '무너짐'의 과정을 나보다 더 격렬하게 겪어 낸 사람임이 틀림없다. 우선 그의 어머니가 독실한 퀘이커교도*였다.

* 17세기 영국의 조지 폭스(George Fox, 1624~1691)가 창설한 프로테스탄트의 한 교파. 영국과 식민 아메리카 등지에서 일어난 급진적 청교도 운동의 한 부류다.

유년 시절 아버지를 갑작스럽게 잃고 홀어머니를 챙기며 살아온 멜빌은 그의 어머니와 계속 부딪히며 갈등을 겪었다. 그 갈등의 원인이 무엇이었을지는 허먼 멜빌의 작품 속에서 충분히 유추해 볼 수 있다. 『모비딕』만 봐도, 그는 결코 유신론자가 아니며, 신실한 종교인과는 거리가 멀다. 그렇다고 과학과 근대적 이성으로 무장한 무신론자라고 명쾌하게 정의하기도 어려운 사람이다. 동료 작가는 그를 가리켜 이렇게 말한다. "신자도, 불신자도 아닌 자."* 한마디로 딱 잘라 말하기가 힘든 그의 종교에 대한 태도가 어머니의 신경을 얼마나 긁었을지는 충분히 짐작이 가고도 남음이 있다. 그는 종교적 인식의 경계에 선 채로 신 혹은 자연과 인간, 그 사이에서 벌어지는 다종다양한 사건과 인과를 탐구하는 데 골몰한 것이다.

그 탐구의 끝에서 그가 발견한 것은 무엇일까? 누구에게나 바다로 나가야 할 순간, 즉 철학이 필요한 시점이 반드시 온다는 것 아닐까? 에이해브 선장이 흰고래에게 습격을 당하고 난

* 너새니얼 호손이 1856년 11월 20일 남긴 노트 메모 중 다음과 같은 문장이 있다(출처 http://www.melville.org/others.htm). "그(허먼 멜빌)는 (신을 온전히) 믿을 수도, 그렇다고 불신하기도 어려운 사람이다. 너무나 정직하고 대담한 사람이라 (믿음과 불신 사이에서) 하나만 택하지도 않았다. 만약 그가 종교인이라면, 가장 진실한 종교인이 되었을 것이다. 고귀하고 존엄한 성품을 가진 그는 우리들(작가들) 중에서 가장 오래 이름을 남길 사람이다."

뒤 죽음의 문턱에서 겪는 고통스러운 변태의 과정이나, 『모비딕』의 후속작인 『피에르, 혹은 모호함』에서 무너진 신전을 바라보며 서술하는 내용은 존재의 처절한 변환에 대해 이보다 더 생생하게 이야기할 수 있을까 싶을 정도다. 인간이 기존의 자신을 버리고 해체하며 깨달음을 추구하는 관념적 과정을 가장 탁월하게 포착하고 묘사해 낼 수 있는 작가는 바로 허먼 멜빌이다.

흔히들 철학을 공부한다는 것은 자신이 가진 고정관념과 편견을 무너뜨리는 것이고, 이러한 전환의 작업이 얼마나 재밌고 보람찬 일인지 말한다. 맞는 말이다. 그러나 화려하고 웅장한 내 안의 신전이 완전히 무너지고, 그 폐허를 황망히 방랑하는 데서 당신의 공부는 비로소 시작될 것이다.

말하기가 아주 조심스럽지만, 이제 막 철학을 시작한 당신에게 나타날 증상들이 있다. 지독한 혼돈과 함께 잠을 이루지 못하고 뒤척이는 얼마간의 밤들, 턱 끝까지 차오르는 최초의 질문들이 가슴을 틀어막고, 이제까지와는 다르게 엄습하는 외로움으로 의기소침해질지도 모른다. 사실 재미와 흥분은 그 이후의 문제다. 이 잔해와 먼지 속에서 어떤 방향으로 다시 걸어갈 것인가? 더듬거리며 부스러기들을 붙들고 나름의 몸부림을 쳐 볼 때, 그 과정에서 읽고 쓰고 토론하는 스텝을 밟아 나갈 때, 너무나 미약하지만 그래도 어제보다는 좀 더 초연해지고 단단해

진 나를 발견할 때, 문득 깨닫게 된다. 이게 바로 공부의 재미로구나. 이 과정이 없는 채로 무너진 폐허만을 무력하게 마주하다 보면 모든 것은 그저 무너지고 해체될 수밖에 없다는 허무주의의 위험에 빠지게 될지도 모른다. 자칫하면 생의 동력을 잃게 되는 것이다. 나를 뛰어넘는 한 번의 도약으로 비상할 것인가? 혹은 끝없는 허무 속으로 침잠할 것인가? 이 두 갈림길 사이에서 당신을 도와줄 것은 철학이다.

이 모든 상실감과 위험에도 불구하고 과감히 항해를 떠나야 하는 이유는 뭘까? 넘실대는 바다를 코앞에 둔, 펠레그 선장의 항구 면접장에 들어설 기회가 주어진다면 나는 이렇게 대답하겠다. 뮈토스의 종교로 이루어졌던 나의 육지가 무너졌으니, 이제 로고스의 바다로 나아갈 차례가 왔고, 단순한 관찰과 과학 그 이상의 철학이 내게 필요하기 때문이라고. 이것이 내가 『모비딕』을 읽는 이유다.

1장

허먼 멜빌, 사악함의 재탄생

1장
허먼 멜빌, 사악함의 재탄생

1) 미국의 셰익스피어

"Why write about a writer's life?"(왜 이 작가[허먼 멜빌]의 생애에 대해 쓰는가?)——허먼 멜빌의 평전마다 빠지지 않고 등장하는 평론가들의 물음이다. 작가의 개인적 이력과 성장 배경은 작품을 읽을 때 고려해야 할 중요한 요소들 중 하나임은 당연한 상식이겠지만, 특히나 『모비딕』은 허먼 멜빌의 내력을 옆에 나란히 두고 읽어야 한다. 이 책을 그저 아름답고 비극적인 문학 소설이라고 단정 짓고 말기에는 너무나 아쉬울 정도로, 당대 미국 사회의 모습과 세계관을 볼 수 있는 수많은 통로가 펼쳐져 있기 때문이다. 19세기의 미국을 알면 알수록 『모비딕』을 더욱더 풍성하게 읽을 수 있다.

고래 잡는 이야기가 담아낸 미국이라? 허먼 멜빌이 그려 내는 미국의 모습은 우리가 아는 지금의 미국과는 사뭇 다르다. 세계 패권을 손에 쥐기 전의 혈기왕성한 미국의 단면을 보여 줌과 동시에, 자연과 존재의 보이지 않는 연결고리를 끊임없이 들춰 낸다. 슬슬 시동을 걸기 시작하는 제국 문명이 태동하며 만들어 낸 딱딱한 도시 자본주의와 법률 체계에 대한 분석은 그리스 신화와 성경, 신비한 예언 같은 비과학적이고 신화적인 이야기들과 전혀 위화감 없이 어우러져 『모비딕』 특유의 분위기를 만들어 내는 데 일조한다. 한마디로, 미국의 모던한 리얼리티와 서구의 전통적 신화체계, 이 두 가지가 혼재되어 있다. 아마 바로 이 점 때문에 『모비딕』은 영원한 고전으로 살아 숨쉴 것이다. 이렇게 기가 막힌 컬래버레이션을 해낸 작가 허먼 멜빌은 대체 누구일까?

아버지의 이른 죽음으로 열세 살의 어린 나이에 덜컥 소년 가장이 된 멜빌은 몰락한 가정의 생계 부양을 위해 선원 생활을 시작한다. 세계의 바다 이곳저곳에 닿으며 폴리네시아 군도의 식인종들을 만나게 되고, 이 경험을 스물일곱 살의 첫 데뷔작, 『타이피』(*Typee*)에 옮겨 쓴다. 그때 그가 목격한 것은 야만인들의 친절과 야생적 우아함, 그들을 문명화시키려는 선교사들과 백인들의 잔인함과 폭력성이었다. 그러나 문명과 야만을 가르는 기준이 대체 무엇인지 탐구하는 심오한 질문과는 별개로 소재 자체의 독특성 때문에 이 책은 큰 인기를 끌게 된다. 그로서는 절호의 찬스였다. 데뷔작부터 터뜨린 축포였으니 이대로 글을 쓰기만 한다면 가족들을 부양할 수도 있고, 여유로운 생활을 즐기며 좋아하는 책도 마음껏 읽을 수 있으리라.

하지만 그에게는 모종의 반발심이 들끓어 오른다. "웅대한 책을 낳으려면 웅대한 주제를 선택해야 한다."『모비딕』, 546~547쪽(p.689). 허먼 멜빌이 계속해서 캐릭터들의 입을 통해 반복하는 대사들은 그의 궁극적 지향을 가장 잘 나타내는 것이다. 작가는 동시대의 평판보다도 후대의 독자들을 더 의식해야 한다는 것, 그래서 지금 자라나는 미국 아이들의 머릿속에 자신이 그저 '친절한 식인종들과 어울린 별난 모험가 아저씨' 정도로만 각인되는 걸 가장 두려워했다.* 그가 포착한 세계와 새롭게 깨닫게 된

* 허먼 멜빌에 대한 가장 중요한 저작 중 하나로 꼽히는 앤드루 델반코(Andrew Delbanco)의 *Melville: His World and Work*(『멜빌: 그의 세계와 작품』)에 다음과 같은 언급들이 나온다(델반코는 컬럼비아 대학교 영문학 교수로 미국문학과 고등교육 등을 연구하는 학자이며 비평가로도 유명하다. 허먼 멜빌에 대한 그의 책은 컬럼비아 대학에서 뛰어난 비평 저작에 수여하는 라이오넬 트릴링 상을 받기도 했다).
"멜빌이 '식인종과 같이 어울린 사람'으로 알려지긴 했지만(……)."(Andrew Delbanco, *Melville: His World and Work*[Kindle Edition], Knopf Doubleday Publishing Group, 2013, Kindle Locations 2018.)

철학을 어떻게 하면 다시금 생성해 낼 수 있을 것인가? 그가 원했던 글은 유럽 대륙과 비교해서 질적으로 떨어지는 미국 지성의 수준을 한 차원 끌어올릴 완전히 새로운 종류의 문학이었다.

해소되지 않는 예술적 욕망 속에서 더듬거리던 허먼 멜빌에게 새로운 눈을 선물해 준 사람은 바로 선배 작가 너새니얼 호손(Nathaniel Hawthorne)이었다. 호손의 화두는 뿌리 깊게 이어져 온 미국의 청교도적 관습에 반박하는 것이었다. 그는 신의 길을 따르게끔 설계된 사회 속에서 보조를 맞추려 허덕이는 인간을 관찰한다. 인간적인 열정들을 죄악시하고 신성을 추구하면 할수록 오히려 각자의 위선은 증폭되는 아이러니. 그렇다면 신이라는 눈부신 빛 아래에 깔려 있는 인간의 내면적 어두움이야말로 전복의 가능성으로 작동할 수 있지 않을까? 음울하고 내성적인 너새니얼 호손에게서 허먼 멜빌은 자신의 철학을 글쓰기로 구현할 수 있는 문학적 영감을 찾아낸 것이다. 종교적 율법만으로 설명할 수 없는 실존적 질문, 이 질문을 온전히 통과하며 발휘되는 인간의 힘 같은 것들 말이다. 다른 말로 하자

"젊은 멜빌은 획일화된 대중의 취향에 답답함을 느꼈고, 이제 막 부상하는 미국의 문학 세계에서 자신만의 영역을 확보하기 위해서는 독자들의 호기심의 영역과 인내심을 확장시켜줘야 한다는 사실을 절감했다."(Andrew Delbanco, ibid., Kindle Locations 2048~2050.)

면, 사악함과 금기, 광기들.

호손과의 강렬한 만남으로 허먼 멜빌의 문학 세계는 분기점을 맞게 된다. 그의 서른한번째 생일을 막 지난 1850년 8월, 『모비딕』의 집필 방향이 처음 계획과는 완전히 다르게 바뀌어 버리고, 이 책은 이후의 모든 작품들에 있어서 허먼 멜빌만의 독특한 상징이 시작됨을 알리는 신호탄이 된다. "아담 이후 지금까지 모든 인류가 느낀 분노와 증오의 총량"『모비딕』, 242쪽(p.287).을 흰고래에게 터뜨리는 유별나게 사악한 에이해브가 탄생한 것이다.

2) 왜 사악함인가?

그렇다면 왜 사악함이 호손과 멜빌의 문학에 있어서 필요했던 것일까? 사악함은 필연적인 비극을 내포하고 있다. 비극적이지 않은, '발랄한' 『모비딕』은 정녕 불가능했던 걸까?—"마침내 흰고래를 잡은 에이해브는 기쁘게 낸터컷(Nantucket)으로 돌아와 가족들과 오래오래 행복하게 살았답니다"와 같은 전개 말이다. 굳이 에이해브의 사악함과 파멸을 전면에 내세우는 이유는 무엇인가?

당시 허먼 멜빌이 가장 비판했던 미국의 문학 사조는 바로 '초절주의'(超絶主義, Transcendentalism)였다. 초절주의는 19세기 미국의 사상적 풍토인 정통 기독교의 부활과 민주주의적 이상을 교묘하게 섞은 미국만의 문학 사조다. 특히 선악에 대한 그들의 관점은 지나치게 낙천적이었는데, 선과 악은 나뭇잎의 앞뒷면 같아서, 고통·수난·죽음 같은 세상의 악함 역시 모든 만물에 작동하는 신의 손길에 따라 결국에는 선이 된다는 것이 그들의 지론이었다. 그러므로 악이란 없다! 악처럼 보이는 것이 있을 뿐.

지금 삶이 힘든가? 거기에는 신의 선물이 숨겨져 있다. 죽음이 두려운가? 너를 위한 천국이 예비되어 있다. 즉, 그들의 관점에서 이 세상의 사악함은 결국 최종선(=신)에 도달하기 위한 일종의 관문일 뿐이다. 그저 기다리기만 하면, 마침내 선한 신의 자비로움이 모든 것을 최상으로 구원할 것이다. 초절주의자들이 말하는 구원은 이토록 간단하고 명백한 선과 악의 순리에서 비롯된다.

"도저히 참을 수 없는 그 진실을 그대는 어렴풋이나마 보는 것 같다. 무릇 깊고 진지한 생각은 망망한 바다의 독립성을 지키려는 영혼의 대담한 노력일 뿐이며, 또한 하늘과 땅에서 가장 사나운 바람은 서로 공모하여 인간의 영혼을 배반과 굴종의 해안으로 내던지려 한다는 것을 그대는 아는가?”『모비딕』, 152쪽(p.175).

허먼 멜빌에게 참을 수 없는 진실을 알려 준 건 바다 위의 포경선이었다. 초절주의 식의 정신승리는 에이해브에게 모욕적인 육지와도 같다. 흰고래를 추격할 수 있는 자는 육지의 안락한 굴종을 뒤로 하고 풍랑이 으르렁거리는 바다를 자신의 피난처로 삼는 자다. 즉 고귀한 삶의 실현을 가리키는 자성(磁性)을 깊게 간직한 인식자다. 무엇이 그에게 이토록 참을 수 없는 모멸감을 주는가? 삶의 고통과 죽음의 공포, 이것들을 직면해야만 알 수 있는 “가없고 무한한 진리”를 외면한다는 것 자체다. 우리의 눈물을 닦아 주고 죽음에서 건져 줄 신의 손길은 없으며, 절대자에 기대어 성립되는 선악의 명확한 흐름이나 인과도 없다. 이 알 수 없고 불분명한 혼돈의 물보라 속으로 뛰어들 수 있는 자만이 영웅이 되어 솟아오른다. 육지에 두고 온 어여쁜 아내와 딸을 생각하며 그리움에 눈시울을 붉히는 일등항해사 스타벅이 이 소설의 영웅이 될 수 없는 이유다.

존재는 어디까지 비상할 수 있는가? 어느 정도의 선마저도 뛰어넘을 수 있는 힘을 가지고 있는가? 초절주의자들의 도약은 신에 의해 가로막혀 있다. 합리주의자들은 인간의 이성이 그들을 묶어 놓는다. 따라서 도약의 힘은 세상이 갈라치기 해놓은 선을 뚫는 힘이기에 정의롭거나 올바른 힘이 아니라 "잔인무도한 힘"『모비딕』, 217쪽(p.259).일 수밖에 없다. 하여 힘의 원천은 사악함이다. 이런 배치 속에서 캐릭터들의 행동은 모두 결말을 향한 복선이 되고, 비극이라는 한 초점으로 모아진다.

『모비딕』을 시작으로, 허먼 멜빌의 후속작들에는 흰고래의 변주로 보이는 캐릭터들이 계속해서 등장한다. 너무나 황홀하게 울어 제치는 수탉(『꼬끼오! 혹은 고귀한 수탉 베네벤타노의 노래』), 보통의 필경사들과는 너무나 다른 바틀비(『필경사 바틀비』), 야생의 순수를 그대로 간직한 수병 빌리 버드(『선원, 빌리 버드』), 출생을 알 수 없는 신비로운 여성 이사벨(『피에르, 혹은 모호함』)까지. 이 존재들은 무리 속에서 독특한 자리를 선점하고 있으며, 결코 동일하지 않은 고귀한 존재들이다. 들뢰즈 식으로 말하자면 무리의 가장자리에 놓여 있는, 니체 식으로 말하자면 동일성(uniformity)을 가지고 있지 않은 귀족적 존재들. 이런 그들의 고귀함을 알아채는 '인식자'들이 또 하나의 축을 이룬다. 그들은 증오와 질투에 사로잡히거나, 결코 거부할 수 없는 매혹에 끌려 들판을 헤집고 다니거나, 두려움과 경외심을 내보이기도 한다. 그들의 눈길은 흰고래의 변형이라고 할 수 있는 고귀한 존재의 축들을 겨냥한다. 고귀한 존재들은 무리 속에서 독특한 가장자리를 선점한 경계인들이며, 이 경계성 때문에 자신들만의 품격을 오롯이 지니고 있기 때문이다.

사실 고귀한 대상보다 더 중요한 건 인식할 수 있는 자들이 아닐까? 고귀함을 알아볼 수 있는 자는 스스로 고귀해질 수 있는 힌트가 이미 내재되어 있는 자다. 그 찰나의 만남에서, 기존의 배치 하에서는 절대 해명될 수 없는 새로운 질문이 탄생하고, 이를 탐구하려는 모든 시도는 사회가 정상성이라는 범주로 그어 놓은 선 바깥에서 벌어지기 때문이다. 인식자들이 흰고래의 축에 선 자들에게 뿜어 내는 증오와 질투, 매혹과 경외심은 한데 뒤엉켜 허먼 멜빌 식의 사악함이 풍겨 나오고, 이 두 개의 축들이 교차하는 지점에서 소설이 전개된다.

허먼은 고귀함을 지닌 존재와 이를 인식할 수 있는 힘을 지닌 존재가 만났을 때 터져 나오는 감응의 모든 순간들을 소설로 풀어놓았다. 그의 작품을 읽다 보면 전지적 작가 시점으로 전개되는 소설을 찾기가 유독 힘들다. 언제나 철저히 인식자의 시선에서 생생하게 기술되는 강렬한 접속과 진한 얽힘을 볼 수 있는데, 이는 우리가 단순히 사랑이라는 단어만으로 응축하기 어려운 역동성이 담겨 있다. 그리고 이 두 가지 축은 소설을 벗어나 허먼 멜빌의 삶을 그대로 가로지르는 선분으로 나타난다. 멜빌

본인이 사악하지만 아름다운 흰고래를 쫓는 고래잡이였으니까. 그는 자신이 제일 쓰고 싶은 글은 금서가 되고 팔리지 않을 것임을 직감했다. 하지만 말한다. "난 아직 (쓰는 것을) 멈출 수가 없어요. 세상이 무시무시한 마법을 부린다고 해도 나는 내가 써야 할 글을 쓸 겁니다."*

3) 잃어버린 야생을 찾아서

그래서 허먼 멜빌의 소설에는 해피 엔딩이 있을 수가 없다. 존재적 비참함 대신 선택한 주인공들의 모든 행동은 결국 비극으로 이어진다. 허먼 멜빌 본인의 삶도 마찬가지였다. 작가로서 불멸하고 싶다는 소원은 그를 추락하게 만들었다. 화려한 데뷔와는 정반대로, 그는 『모비딕』 이후로 이어진 소설들의 불경함과 파격 때문에 결국에는 미쳤다는 수군거림과 함께 대중에게서 완전히 잊힌 채로 조용히 지내다 쓸쓸한 죽음을 맞이한다. 하지만 시대의 금기를 동력으로 이용하고 광기에서 구원의 가

* 1851년 11월 멜빌이 호손에게 보낸 편지 중에서. www.melville.org/letter7.htm

능성을 취하는 소설들을 가만히 들여다보고 있자면, 그의 삶을 비극이라고 단순히 기술하기가 머뭇거려진다. 허먼 멜빌이 써 내려간 모든 비극은 단순한 비극이 아니다. 결말이 삶으로 이어지면 희극, 죽음이면 비극, 이렇게 나누는 식의 극화(劇化)가 아니라, 가장 실존적인 투쟁의 현실(Reality) 그 자체를 보여 주기 때문이다. 이런 식의 투쟁기는 그의 소설뿐만 아니라 삶 속에서도 그대로 구현되었다.

> 뚜렷한 질문을 앞에 두고도 모래사장에서 천박하게 살아남느니 바다의 심연 속으로 빠져 들어가는 게 낫겠다. 오 신이시여, 내가 파괴되어야 한다면 남김 없는 파괴를 저에게 주소서.*

결국 그가 쓴 자전 소설의 외침대로 가장 최악의 소망을 그대로 이룬 셈이다. 너새니얼 호손의 아내 소피아가 허먼 멜빌에 대해 이렇게 쓴다. 허먼은 '태곳적 본성의 생생함'(The freshness

* 원문과 서지는 다음과 같다. "Better to sink in boundless deeps, than float on vulgar shoals; and give me, ye Gods, an utter wreck, if wreck I do." Herman Melville, *Mardi*, Ch.LXV ; Andrew Delbanco, *Melville: His World and Work*[Kindle Edition], Kindle Locations 2521~2522.

of primeval nature)을 간직한 사람이라고.** 그가 지닌 야생성의 정체는 뭐였을까? 유한함으로 규정된 육지가 아니라 무한한 바다의 심연을 감지하는 능력 아닐까? 그 바다가 가르쳐 주는 것이 설령 고통과 혼돈, 죽음과 공포일지라도, 그 결론이 비극이라 하더라도, 존재의 끝없는 도약만이 사악함을 동력 삼아 무한정으로 넘실대는 곳. 허먼 멜빌의 모든 작품이 하나같이 진한 바다 내음을 풍기는 건 이 때문일지도 모른다. 비극을 동반한 실존적 투쟁을 가장 잘 그려 낼 수 있는 무대로 바다만 한 곳이 없으리라.

그는 누구보다도 바다가 간직한 야생과 깊게 감응한 사람이었다. 산업혁명의 시대로 접어들며 이제 막 경제 번영의 초입으로 들어선 미국의 육지인들에게는 그의 야생성을 감지할 만한 능력이 없었다. 벌레처럼 육지로 기어 가는 비참함을 선택하느니 차라리 풍랑 속의 바다로 뛰어들겠다는 외침은 단순히 젊은 날의 패기로 써 내려간 소설의 한 대목만이 아니라, 그의 남은 생애를 예언하는 이정표가 된 것이다. 후대 사람들은 그의

** 1850년 8월 29일, 소피아 호손이 편집자 에버트 다이킨크(Evert Duyckinck)에게 했던 언급으로 다음 책에 실려 있다. Eleanor Melville Metcalf, *Herman Melville, Cycle and Epicycle*, Harvard Univeristy Press, 1953, p.90. ; Andrew Delbanco, ibid., Kindle Location 3074.

생애를 두고 저주받은 작가라고 말하지만, 역설적으로 그의 염원은 모두 이루어졌다. 작가로서 불멸하고 싶다는 이 위험한 소망대로, 그가 창조해 낸 사악함은 소설 속에서 허먼 멜빌이라는 존재의 생명력을 그대로 품고 있으며, 때문에 사후 120여 년이 흐른 지금에도 계속해서 그를 부활시키고 있지 않은가?

니체의 차라투스트라가 위버멘쉬(Übermensch, overman)의 철학을 일러 준다면, 허먼 멜빌은 위버멘쉬적 삶의 면면을 문학적으로 구현한다. 모두가 동일한 리듬과 배치 속을 하염없이 헤맬 때, 위버멘쉬 즉 인간을 넘어선 존재는 그 지독한 인간적 윤회의 사슬을 끊어 버리고 비상하려는 자다. 늘 투쟁하는 전사의 삶을 사는 자. 여기, 잠을 자는 순간에도 자신의 목표물을 좇아 정확히 해도를 노려볼 수 있는 힘의 초인이 있다. 『모비딕』을 읽는 모든 독자들이 매혹되지 않을 수 없는 캐릭터, 앞으로도 이 책을 불멸 속에 살아 숨쉬게 할 문제적 히어로, 바로 에이해브 선장이다.

〈덧달기〉 허먼 멜빌과 너새니얼 호손

사진 왼쪽은 너새니얼 호손(Nathaniel Hawthorne, 1804년 7월 4일~1864년 5월 19일),
오른쪽은 허먼 멜빌(Herman Melville, 1819년 8월 1일~1891년 9월 28일)

"집 어딘가에 제지 공장이라도 하나 만들까 봐요. 그러면 내 책상에서 수백, 수억만의 생각들로 묶여진 대형 인쇄지들을 끊임없이 만들어 낸 다음 당신에게 보내는 편지 형식으로 쓸 텐데요. 당신은 아주 신성한 자석을 지니고 있어서 내 자석이 거기에 이끌립니다. 어떤 것이 더 클까요? 바보 같은 질문이죠, 그 둘은 애초에 하나입니다."

낭만적인 연애편지의 한 부분처럼 보이는 이 글귀는 허먼 멜빌이 너새니얼 호손에게 보낸 편지 중 한 부분을 발췌한 것이다. 지금도 구글을 검색해 보면 멜빌의 편지들로 인해 그의 동성애적 성향을 추측하는 가십성 칼럼들이 많이 보인다. 분명한 것은 이 둘의 만남은 서로에게 아주 강렬한 영감으로 작동했으리라는 점이며, 특히 멜빌에게 있어서 호손과의 짧은 만남은 그의 삶에서 결코 빼놓을 수 없다는 사실이다. 아예 『모비딕』을 호손에게 헌정하는 책(in token of my admiration for his genius; "그의 천재성을 존경하는 마음의 징표로 이 책을 너새니얼 호손에게 헌정한다")『모비딕(상)』(열린책들), 7쪽이라고 못박을 정도였으니까.

아마 너새니얼 호손과의 만남이 없었더라면 전무후무한 흰고래는 탄생하지 못했을 것이다. 남아 있는 기록에 의하면, 『모비딕』의 초안을 본 편집자 에버트 다이킨크는 "고래잡이를 아주 로맨틱하고 싱그럽고 재밌게 묘사한 책이 나올 것"(a romantic, fanciful & literal & most enjoyable presentment of the Whale Fishery)Andrew Delbanco, *Melville*, Kindle Locations 2895~2896.이라고 썼을 정도였다. 로맨틱한 『모비딕』이라니! 마치 버터가 들어간 동치미 같은 비유다. 그가 어느 부분까지 완성된 원고를 본 것인지는 몰라도, 멜빌이 『모비딕』을 쓰는 중간에 애초와는 완전히 다르게 글의 방향을 틀어 버렸다는 걸 알 수 있다.

이 두 사람은 1850년, 매사추세츠 주의 버크셔에 있는 모뉴먼트 마운틴(Monument Mountain)에 친구들과 소풍을 간 자리에서 처음으로 만난다. "그들은 서로의 성격을 단 두 시간 만에 이해해 버렸고, 서로 생각과 감정, 의견에 공통점이 많다는 걸 발견합니다. 아주 친밀한 우정은 필연적이었습니다."Andrew Delbanco, ibid., Kindle Locations 2882~2883.

그때 멜빌의 나이가 서른한 살, 호손은 마흔여섯이었다. 특이한 점은 이 '공통점 많은' 둘은 남들이 보기에는 아주 다른 성향을 지닌 사람들이었다는 점이다. 호손은 내성적이고 음울한 데다 소심한 성격이었고, 멜빌은 거침없고 다부진 체격에 이제 막 데뷔작을 세상에 내놓고 작가로서 주목받기 시작한 신예였다.

아마 『주홍 글씨』로 너새니얼 호손을 알고 있든, 『모비딕』으로 허먼 멜빌을 알고 있든, 아니면 둘 다 알고 있든 간에 이 두 작가의 기막힌 접점을 알고 있는 사람은 드물 것이다.

남편이 미래에 미국이 기억하는 대작가가 될 것이라는 부인 소피아 호손의 탁월한 예지력으로 인해 너새니얼 호손의 글과 편지, 노트들은 잘 보존되어 있다. 그러나 허먼 멜빌은 부인 엘리자베스와의 불화가 컸던 데다가 아들은 자살하고 딸들은 아버지를 증오한, 불안정한 가장이었다. 말년에는 작가로서 완전히 잊힌 채 소시민으로 살다가 죽었기 때문에 유실된 글이 많다. 그가 출판한 원고 중에서 제목만 알려지고 원본을 찾지 못한 글들도 몇 편 있다. 멜빌이 호손에게 보낸 편지는 지금까지 잘 보존되어 있지만, 호손이 멜빌에게 답장한 편지는 전해지지 않는다. 안타까울 따름이다. 멜빌의 이 진심 어린 편지에 호손은 뭐라고 답했을까? 호손 역시 멜빌의 재능을 일찌감치 눈여겨보고 있었던 선배 작가였기에, 이 젊고 총명한 후배가 미국 문학사에 남길 족적을 예감했을지도 모른다. 얼마 못 가 호손이 이사를 가면서 그들의 짧은 만남은 끝난다. 불화설을 제기하는 사람들도 있지만, 왜 그 둘이 만남을 지속하지 못했는지는 아무도 모른다.

2장

에이해브, 광기의 타나토스

2장

에이해브, 광기의 타나토스

1) 『모비딕』, 성경의 오마주

『모비딕』 하면 생각나는 캐릭터. 가장 대표적인 캐릭터이자, 성경에 나오는 이스라엘의 폭군(아합)의 이름을 딴 남자, 에이해브(Ahab).* 내게 『모비딕』이 특별한 이유는 바로 이 괴상한 선장 때문인데, 이 캐릭터를 통해 성경에 대한 허먼 멜빌의 변주가

* 아합 왕은 북이스라엘의 왕이자 유명한 폭군이다. 성경 「열왕기상」 16장의 다음 절들을 참고. (29절)유다의 아사 왕 제삼십팔년에 오므리의 아들 아합이 이스라엘의 왕이 되니라. 오므리의 아들 아합이 사마리아에서 이십이년 동안 이스라엘을 다스리니라. (30절)오므리의 아들 아합이 그의 이전의 모든 사람보다 여호와 보시기에 악을 더욱 행하여. (33절)(전략)이스라엘의 모든 왕보다 심히 이스라엘 하나님 여호와를 노하시게 하였더라.

문학적으로 가장 잘 드러난다.

경전이 수도 없이 많은 불경과는 다르게, 성경에는 문자주의(文字主義)라는 것이 있다. 거룩한 신의 말씀을 기록한 것이니만큼 글자 하나하나가 전부 고정된 진실이자 진리다. 그래서 성경 외에 다른 기독교 경전은 절대 존재할 수 없으며, 다른 변용은 더더욱 상상할 수 없다. 문자주의를 철저하게 교육받은 나에게 성경이란 완전히 무오류의, 신의 영역에 속한 것이었고 그래서 한 글자조차 더할 수도, 뺄 수도 없는 절대성을 가졌다. 이런 배경에서 『모비딕』은 허먼 멜빌 식의 색다른 성경 오마주를 보여 준다는 점에서 무척 흥미로웠다.

내가 가장 즐겨 읽는 부분은 매플 목사의 「요나서」 설교 장면이다. 고래 뱃속에 사흘간 갇혀 있다 살아남은 요나라는 인물의 이야기가 바로 「요나서」의 내용이다. 매플 목사의 웅장한 언변으로 요나가 신의 명령에 불순종하여 배를 타고 급히 도망가는 장면이 세밀하게 확대된다. 이제 요나는 신령한 예언자가 아니라 도망자다. 제3자적 관점에서 줄거리를 무미건조하게 나열하는 기존 「요나서」와는 달리, 요나의 처절한 갈등과 도피 상황을 자신만의 문체로 풀어 쓴 것이다.

서양 대부분의 고전들이 성경을 소재로 삼고 기독교적 베이스 위에서 탄생한다. 그러나 성경의 기존 배치를 그대로 빌려

오는 방식(선악의 이분법 대립)이나 기독교적 맥락은 그대로 유지될 뿐, 아예 성경의 언표를 기호 삼아 재창조를 해내는 작품들은 드물다. 니체의 『차라투스트라는 이렇게 말했다』는 그 중에서 최고이고, 『모비딕』 역시 이에 못지않다. 『모비딕』은 성경의 아웃사이더들을 주인공으로 내세우고 악역과 선역을 교차시키며 오리지널리티를 비틀어 버린다. 허먼 멜빌의 의도적인 성경에의 오마주는 인물들의 이름에서도 짐작해 볼 수 있다.

"알고 있겠지만, 옛날의 에이해브는 왕관을 쓴 왕이었어!"
"게다가 아주 나쁜 왕이었죠. 그 사악한 왕이 살해되었을 때 개들이 그의 피를 핥아먹지 않았나요?"『모비딕』, 122쪽(p.137).

빌대드(빌닷, Bildad)와 펠레그(벨렉, Peleg) 선장의 이름 역시 성경에서 차용한 이름들이다. 미국의 이름 사이트를 검색해 봤을 때, 이런 히브리 식 이름은 찾아보기 힘들다. 빌대드는 성경 「욥기」에 나오는 욥의 친구 중 한 명인 빌닷, 펠레그는 창세기 노아 시대 셈족 가문의 남자 중 한 명의 이름에서 빌려 왔다.*

* (「욥기」 2장 11절)그때에 욥의 친구 세 사람이 이 모든 재앙이 그에게 내렸다 함을 듣고 각각 자기 지역에서부터 이르렀으니 곧 데만 사람 엘리바스와 수아 사람

빌대드와 펠레그는 나이 많은 선장으로 피쿼드 호를 부두까지 배웅하고 짐을 실어 주는 사람들인데, 추운 겨울에 이들의 눈물 어린 배웅을 끝으로 『모비딕』은 육지와 완전히 '작별'하고 그 배경을 바다로 옮겨 간다. 이후 소설의 결말까지, 독자들은 다시는 육지를 보지 못한다. 그야말로 완전한 '분화'의 상징을 펠레그라는 선장을 통해 보여 주는 셈이다.

구약 「열왕기상」의 폭군, 아합 왕의 최대 눈엣가시였던 엘리야 선지자 역시 빠지지 않고 등장한다. 그런데 성경에 나오는 신실하고 경건하며 침착한 예언자의 모습이 아니라, 약간 미치광이 같은 모습으로 이슈메일과 그의 동료 퀴퀘그에게 '이상한 놈' 취급을 받는다. 이제 막 배에 올라타려는 이슈메일의 마음을 혼란스럽게 하면서, 마치 피쿼드 호의 운명을 예감이라도 하는 듯 종잡을 수 없는 말을 지껄이다** 무시당한다.

아합 왕을 절대악으로 간주하고, 이슈메일이 아니라 이삭의 계보를 따라 성경을 읽던 내게 이런 주조연의 뒤바뀜은 신선

빌닷과 나아마 사람 소발이라 그들이 욥을 위문하고 위로하려 하여 서로 약속하고 오더니.
(「창세기」 10장 25절)에벨은 두 아들을 낳고 하나의 이름을 벨렉이라 하였으니 그 때에 세상이 나뉘었음이요 벨렉의 아우의 이름은 욕단이며.
** 일라이저 노인은 이렇게 말한다. "당분간은 볼 수 없겠군 그래. 심판의 날이 오기 전까지는."『모비딕(상)』(열린책들), 181쪽(p.158).

한 충격이었다. 이런 변용이 어떻게 가능하단 말일까? 과연 허먼 멜빌은 성경을 얼마나 많이 읽었을까? 그 역시 엄격한 복음주의적 풍토 속에서 자라났을 텐데, 성경을 읽으며 어떻게 이런 상상력을 뽑어 낼 수 있었을까?

내가 성경의 변전 가능성에 주목하는 이유는 문자주의와 절대성을 비웃고 자신이 느낀 대로 텍스트를 다시 생성하는 힘이야말로 인간의 지성이 가장 고급스럽게, 또 통쾌하게 작동하는 방식일 것이라는 생각 때문이다. 이것이 예술이다. 『모비딕』을 읽으면서 느꼈던 인간 지성의 새로운 가능성은 다시금 철학이 무엇인지 생각하게 만들었다.

허먼 멜빌의 야생성이 가장 잘 발휘된 지점은, 『모비딕』 전체를 꿰뚫으며 전개되는 자연과 사람, 생명에 대한 경이로운 묘사와 문체뿐만이 아니다. 이렇게 절대적 '문자'로 고정되었던 표식을 자신만의 '기호'로 말랑말랑하게 자유자재로 요리해 내는 그의 해석 방식에도 있다. 이런 무한한 변주의 생성을 볼 때마다 존재의 생명력을 감지한다. 이리 튀고 저리 튀어 버리는, 각자가 나름의 접속 방식으로 꼿꼿한 것을 구부리고 선명한 경계선을 지워 버리고 씹어 먹어 버리는 소화력 말이다.

어디 성경뿐인가? 굳이 나처럼 모태 신앙인이 아니더라도, 사람이라면 누구나 자신만의 문자주의가 있다. 너무나 당연해서 그 언표 속에서 다른 유연함이 결코 생성되지 않는 견고한 막 말이다. 가족, 회사, 나이, 성별, 지위 등등. 어떤 문자이든 그것이 "무오"(無誤)하다고 믿고 있다면, 그 속에서 변전의 가능성을 감히 상상하지 못한 채 품고 있는 당연함들에게는 재창조의 힘이 필요하다. 결코 범접할 수 없는 영역이라고 생각했던 성경을 예술적으로 생성해 낸 이들처럼 말이다.

처음 책을 펼치자마자 에이해브에게 유독 빠져들었던 이유는 내가 정의한 철학의 태도를 그대로 갖춘 사람이라는 생각 때문이었다. 그동안의 삶의 방식에 어떻게 "아니오"를 외치고 반격할 것인가에 초점을 맞추는 것이 바로 철학 아닐까? 그동안 늘 품어 왔던 전제를 싹 밀어 버리고, 그에 관련된 모든 것에 의심의 눈초리를 던지고 반대하기. 추측건대, 이렇게 반항할 수 있는 용기를 가진 자라면 획기적인 방향의 전환이 가능할 것이다. 거대한 고래를 향해 진격하는 거침없는 용기와 생명을 건 무모한 담력이야말로 혈기왕성한 청춘이 본받아야 할 태도일지도 모른다. 신앙과 믿음 체계를 철학이라는 자기 탐구적 방향성으로 바꿀 수 있는 단서를 그에게서 발견할 수도 있겠다고 생각했다. 감히 신에게 도전하는 반역자, 에이해브에 대한 탐구가 여기서 시작된다.

2) 신 같은 인간

> 에이해브 선장은 위엄 있고, 신앙심은 없지만 신 같은 사람이야. (……) 파도보다 더 깊은 경이에도 익숙해져 있지.『모비딕』, 122쪽(p.136).

19세기 미국문학에서 가장 압도적이고 별난 캐릭터를 꼽으라면 단연 에이해브가 세 손가락 안에 들 것이다. 유럽의 독실한 청교도들이 신대륙으로 건너와 세운 세계, 유럽에서 진작에 종식된 마녀 사냥이 허먼 멜빌이 죽고 나서도 드문드문 행해졌던 나라가 바로 미국이다.

그렇게 강력한 복음주의적 전통 속에서 허먼 멜빌이 창조한 캐릭터가 바로 에이해브였다. 당시 이 책을 읽고 경악했을 미국 대중들의 모습이 선연히 그려진다.『모비딕』이 다시 주목받은 1920년대 이후부터 그는 배격의 대상, 인간으로서 할 수 없는 짓을 저지르는 악인에 빗대어져 왔다. 대부분의 독자들 사이에서 에이해브라는 캐릭터는 주인공임에도 불구하고 언급될 만한 유쾌한 캐릭터가 절대 아님을 커피 브랜드 이름에서도 유추해 볼 수 있다. 글로벌 커피 브랜드의 대명사, 스타벅스(Starbucks)는『모비딕』에 등장하는 캐릭터의 이름에서 따온 것이다. 창업주들은 에이해브 선장의 날뛰는 광기에 맞서는 차갑고 침착한 일등항해사 스타벅(Starbuck)에게 마음을 뺏긴 게 틀림없다. 쉴 새 없이 들이닥치는 삶의 폭풍을 견뎌야 할 당신에게 한 잔의 고요한 위안과 평화를 안겨 줄 '스타벅 커피'인 것이다. 혼돈과 멸망을 암시하는 '에이햅스 커피'(Ahab's coffee)는 탄생하기가 어렵다.

에이해브의 고래잡이 항로는 돈을 벌고 생계를 유지하기 위한 직업적 선택이 아니다. 고래를 많이 잡아 금의환향하겠다는 생각은 안중에도 없고, '모비딕'이라는 특정한 고래를 잡아 죽이겠다는 것. 이 말도 안 되는 그의 계획이 정신 나간 노인의 노망난 복수담으로 한정되지 않는 것이 이 책의 가장 독특한 지점이다. 심지어 이 항로는 한층 더 고차원적이고 본질적인 차원으로까지 승화된다. 철학과 진리를 좇아 그 극한까지 파고드는 인간의 위대한 힘, 그저 인간에 머물려고 하지 않는 에이해브의 시도가 장엄하게 그려져 있기 때문이다. 그를 지켜봐 온 다른 선장, 펠레그는 에이해브를 이렇게 평한다. "신앙심은 없지만 신 같은 사람"—신을 믿지 않는데 신을 닮은 인간이라?

> 이제 나는 내 다리를 자른 놈의 몸을 잘라 버릴 거라고 예언한다. 그렇게 되면 나는 예언자이자 그 실행자가 된다. 그것

은 위대한 신들 이상이다. 위대한 신들도 지금까지 그런 적은 없었다. 위대한 신들이여, 나는 당신들을 비웃고 야유한다.『모비딕』, 222쪽(p.265).

「욥기」에 나오는 그 엄한 꾸짖음은 나를 오싹하게 할 수도 있다. "그(리바이어던)가 어찌 너와 계약을 맺겠느냐? 보라, 그를 잡으려는 소망은 헛되도다!"*『모비딕』, 182쪽(p.215).

『모비딕』의 주요 모티브인 「욥기」에서는 욥 앞에 강림한 신이 자신의 힘을 자랑하며 고래(리바이어던)를 내세우는 장면이 나온다. 압도적인 크기와 경이로운 힘, 자연의 불가지성(不可知性)을 가장 잘 담고 있는 절대자의 현신. 이 정도의 스케일을 넉넉히 담아 낼 수 있는 동물은 지구를 통틀어 고래밖에 없다.

다시 말해 에이해브는 절대자를 함축하는 고래에게 감히 도전하는 자다. 어떻게 인간이 절대자의 힘과 대치할 수 있을

* 인용된 「욥기」 부분의 국역 성경 구절은 다음과 같다.
(「욥기」 41장 4절)어찌 그것이 너와 계약을 맺고 너는 그를 영원히 종으로 삼겠느냐.
(「욥기」 41장 9절)참으로 잡으려는 그의 희망은 헛된 것이니라 그것의 모습을 보기만 해도 그는 기가 꺾이리라.

까? 이 말도 안 되는 '무한도전'으로 뛰어들게 하는 것이 바로 광기다. 그는 한마디로 광기의 선장이다. 그래서 존재 자체가 진화 불가능한 폭발적 화염과 내리치는 번갯불로 계속 묘사된다.

에이해브는 외친다. 절대자가 인간에게 미지의 영역으로 남겨 놓은, 생명의 탄생과 소멸을 둘러싼 모든 질문들, 운명을 좌우하는 키를 누가 쥐었는지에 대한 수수께끼를 내가 풀고야 말겠다고. 어떻게? 뱃사람들을 두려움에 떨게 만드는 저 거대한 모비딕을 잡아 죽이고 정복함으로써!

> "그대를 올바르게 숭배하는 방법은 도전이라는 것을 이제 나는 알고 있다!"『모비딕』, 602쪽(p.759).

성경의 욥은 운명에 대한 질문을 절대자에 대한 믿음과 순종으로 덮었다. 반면에 에이해브는 극한의 도전으로 모든 미스터리를 파헤치려는 자다. 그의 항해가 본격적으로 시작되는 지점은 심상치가 않다. 벌건 피와 술로 세례를 베풀며 흰고래를 향한 적의와 복수를 선동하는 장면은 기독교 이단, 배사교(拜巳敎)의 의식을 떠올리게 한다. 대체 무엇이 이 남자를 결코 예전 같지 않은 광기로 몰아넣었을까?

"다시 말할 테니 잘 듣게. 자네는 좀 더 낮은 층을 볼 필요가 있어. 눈에 보이는 것은 모두 판지로 만든 가면일 뿐이야. (……) 그 엉터리 같은 가면 뒤에서 뭔가 이성으로는 알지 못하는, 그러나 합리적인 무엇이 얼굴을 내미는 법이야. 공격하려면 우선 그 가면을 뚫어야 해!"『모비딕』, 217쪽(pp.258~259).

태초부터 생명을 움직이는 내재적 힘이 있어 왔다. 생명을 먹고 마시고 움직이고 사랑하도록, 즉 매 순간 살아 있게 추동하는 가장 본질적인 생명력, 이것이 에로스다. 에이해브가 말하는 '좀 더 낮은 층'이란 자본, 관습, 도덕, 가치체계 같은 가면 뒤에서 나타나는 존재의 본질적 생명력인 에로스다. 그래서 아무 가면도 쓰지 않은, 그 존재 자체가 위험한 에로스로 작동하는 모비딕에게서 잔인무도한 힘을 온몸으로 인지하는 유일한 선장이다. 모비딕의 정제되지 않는 힘은 에이해브를 통과하며 제멋대로 그를 휘두르며 괴롭힌다. 에이해브의 숨겨진 에로스를 자극하고, 운명 탐구라는 가장 본질적인 질문을 갈구하게 만드는 것이다.

그들은 이익이 남는 항해에 정신이 팔렸고, 그 이익은 조폐국에서 찍어 낸 달러로 헤아릴 수 있는 것이었다. 반면에 에이해브는 무엇으로도 누그러뜨릴 수 없는 대담하고 초자연적 인 복수에 몰두해 있었다.『모비딕』, 245쪽(p.290).

'고래=돈'이라고 생각해 왔던 그동안의 공식이 완전히 깨지고, 운명과 삶에 대한 수수께끼를 고래에게 대입하며 지금까지와는 완전히 다른 항해가 새롭게 펼쳐진다. 이 독특한 흰고래가 그로 하여금 가장 근본적인 질문에 눈뜨게 한 '흰 벽'으로 코앞에 성큼 다가온 것이다. 그렇다면 맞대응하지 않을 수 없다. 가면을 뚫고 싶다! 그게 설령 절대자에 대항하는 길일지라도!

에이해브의 이런 느닷없는 깨달음과 화두에 장악된 신체는 사실 철학을 시작하는 모든 이에게 해당된다. 마치 매트릭스에서 불현듯 눈을 뜬 네오처럼, 갑작스런 흰 벽이 가까이 와 있는 것을 눈치챘을 때, 그것을 뚫지 않으면 길이 없음을 자각했을 때, 당신은 무엇을 할 수 있는가? 모비딕과 마주쳤었던 다른 선장들은 그대로 배를 돌리고 항해를 중단한다. 오직 에이해브만이 스스로의 항로를 따라 고래를 추격하기 시작한다. 철학은 이렇게 자신만의 에로스를 새롭게 발견하면서 전에 없던 도주로를 개척한다. 그의 광기는 순정한 에로스, 삶과 운명에 대한 근본적 질문을 품은 에로스적 광기다.

그러나 여기에 함정이 있다. 에이해브의 광기는 정점을 찍은 뒤 바로 하강하는 선분이다. 물마루의 정점에 선 자는 반드시 추락한다. 이 추락이 바로 소멸의 타나토스다. 그리하여 그는 모든 것을 저주하고, 파괴하며, 곧 다가올 정점 이후의 허무를 무의식적으로 감지하는 악몽에 계속 시달린다. "공허 그 자체"『모비딕(상)』(열린책들), 340쪽(p.315).인 그의 정신이 만들어 내는 악몽 말이다. 이 흐름을 잘 생각해 봐야 한다. 강력한 에로스적 충동의 결과물은 타나토스로 이어질 수밖에 없는 것일까? 모든 것이 필멸할 뿐이며 아무것도 없다는 허무에 도달하는 것 말이다. 왜 펄펄 들끓는 에로스는 타나토스의 검은 재로 산화하고 마는 것일까? 열정으로 시작한 철학적 탐구는 시들어 버린 풀꽃마냥 맥없이 끝나 버리는 것일까? 생명력의 대담한 상승선은 타나토스의 허무한 추락선이라는 꺾인 선분만을 그리는 것인가?

3) 에로스에서 타나토스로

이런 상승 – 정점 – 추락 국면과 가장 쉽게 치환되는 장면은 바로 섹스 혹은 오르가슴이다. 『모비딕』이 은근하게 품고 있는 성적 은유들, 특히 에이해브에게 집중되어 있는 섹슈얼한 메타포에 주목하라.

미국 드라마로 영어 공부를 해본 적이 있는 사람이라면 이미 『모비딕』(*Moby Dick*)이라는 제목에서부터 단서를 눈치챘을 것이다. Moby는 '제일 큰, 거대한'이라는 뜻이고, Dick은 남성의 페니스를 뜻하며 미국의 일상대화에서 속어로 많이 쓰이는 단어다. 한마디로, 이 책의 제목은 거대한 음경, 대물이다. 이는 뱃사람들이 시시덕거리며 재미삼아 붙인 별명 그 이상이다. 에이해브가 사실 고래에게 왼쪽 다리를 잃은 것뿐만 아니라 거세되었다고 추측하는 해석이 상당한 지지를 받고 있는 것으로 미루어 본다면, 이 책의 서사는 남근적 정복욕을 고래잡이로 풀어썼다고 해석해도 무방하다.

신체의 일부를 잃은 자가 일부 그 자체를 상징하는 고래에게 달려드는 것. 마치 하나의 퍼즐 조각(凹)이 자신에게 없는 조각(凸)을 찾아 온전한 도형을 이루려 하는 장면을 연상시킨다. 『모비딕』에는 고래잡이를 묘사하는 장면이 여러 번 나오는데, 읽다 보면 고개를 갸웃하게 된다. 읽는 내가 '음란마귀'가 씐 건가 하는 의아함이 자꾸 드는데, 그도 그럴 것이, 고래를 죽이는 살육의 장면들이 마치 성애의 과정처럼 묘사되는 것이다. 특히 아주 에로틱하게 흥분한 남근적 관점의 서술이 두드러진다.

긴장한 표정을 보고 긴박한 순간이 왔음을 알았다. (……) 파도는 성난 뱀들이 목을 빳빳이 세운 것처럼 우리를 둘러싸고 쉿쉿 소리를 내고 있었다. (……) 보트 밑에서 무언가가 지진처럼 출렁거리고 뒹굴었다. 모든 선원은 하얀 크림처럼 엉겨 붙은 바다에 내던져져 반쯤 질식 상태에 빠졌다. 질풍과 고래와 작살이 모두 한데 뒤섞였다.『모비딕』, 289쪽(pp.348~349).

"나를 (……) 태워 달란 말이다. (……) 마누라랑 애들까지 함께 넘겨줄게. 자, 나를 고래등에 올려 줘! 아아, 정말 미치겠군. 저것 봐! 저 하얀 물을 좀 보라고!"『모비딕』, 286~287쪽(p.346).

길고 날카로운 창을 고래에게 천천히 박아 넣었다. (……) 고래는 파도가 일렁이듯 좌우로 몸을 흔들고, 경련하듯 분수공을 폈다 오므렸다 하면서 격렬하고 고통스럽게 숨을 내쉬었다.『모비딕』, 360쪽(p.440).

선원들은 성적 흥분을 감지한 짐승마냥 날뛰고, 그들의 처절한 전투는 마치 성애의 절정과 사정 장면처럼 묘사된다. 이 모든 은유는 남근적 언표들을 전부 담고 있다. 까딱하면 목숨이 날아가는 초긴장의 상태에서 그들이 느끼는 폭발적인 아드레날린의 분출이 마치 현장에서 직접 지켜보는 듯 숨돌릴 틈 없이 전개된다. 『모비딕』은 완전히 마초이즘의 관점에서 쓰인 소설이다. 소설의 처음부터 끝까지 여성 캐릭터가 등장하는 장면은 출항 전 배에 필요한 물건을 챙겨 주는 채리티 아줌마(게다가 그녀의 이름조차 Charity, 도움을 주다·베풀다라는 뜻으로, 남성성이 인식하는 여성의 전형)다. 그 외에 여성이라곤 선원들이 밤마다 음담패설을 지껄일 때 나오는 젖가슴과 맨살을 내놓고 자유롭게 춤을 추는 타히티 원주민뿐이다. 멜빌의 소설은 여성 캐릭터가 극히 드물다. 특히 『모비딕』은 오로지 남성성(Masculinity)에 관한 책이다. 정복과 소유, 합일의 언표와 아슬아슬한 쾌감은 에이해브의 위험천만한 항해의 중요한 엔진이다. 그래서인지 유독 에이해브는 '하나 됨'을 갈구하는 언어를 종종 구사한다.

> "기꺼이 그대와 융합하겠다!" 『모비딕』, 603쪽(p.761).
>
> "나는 도가니를 구해서 그 안에 들어가 녹아 버리고 싶다. 그래서 작고 간결한 하나의 등뼈가 되고 싶다." 『모비딕』, 564쪽(p.712).

가장 압권은 그가 죽음의 순간에 최후로 내뱉은 말이다.

"나는 너에게 달려간다. 나는 끝까지 너와 맞붙어 싸우겠다. (……) 빌어먹을 고래여, 나는 너한테 묶여서도 여전히 너를 추적하면서 산산조각으로 부서지겠다. 그래서 나는 창을 포기한다!"『모비딕』, 681~682쪽(p.857).

고래잡이는 우선 작살을 던져 고래에 올라탄 후, 고래의 몸에 긴 창을 깊숙이 찔러 넣어 휘저으면서 심장을 터뜨려 죽이는 것으로 마무리된다. 고래사냥의 최종을 위한 도구가 바로 긴 창(spear)인 것이다. 하지만 에이해브는 모비딕을 죽이려는 그 순간에 창을 포기한다고 외친다. 뭔가 이상하지 않은가? 대체 왜 마지막으로 내뱉었던 에이해브의 단말마가 그토록 꿈꿔 왔던 모비딕을 죽이지 않겠다는 외침이었을까?

그가 창을 포기한 것은 절정 직전에 멈추겠다는 선언이다. 싸움과 긴장, 투쟁의 최고 정점을 눈앞에 둔 자의 격렬한 흥분에 머무르겠다는 것이다. 성애로 치면 남자가 사정 직전에 참는 것, 로또에 이미 당첨된 사람이 모든 번호가 들어맞는 그 순간의 쾌감을 재현하려고 계속해서 로또를 사들이는 심리와 비슷하다. 에이해브는 직감하고 있다. 물마루의 정점에 올라선 순간 물거품처럼 사라지고 마는 오르가슴의 원리를. 이 장면은 너무나도 독특한 데다가 노골적이어서 두고두고 기이함을 남긴다. 도대체 정복과 합일을 극단적으로 추구하는 이런 쾌감은 어디서 비롯될까?

이 타나토스적 선분을 제대로 이해하려면, 미국에 대한 이야기를 빼놓을 수가 없다. 허먼 멜빌은 『모비딕』이라는 작품으로 이제 막 팽창하는 신대륙 미국의 신체성과 외부 세계에 대한 인식을 정확히 잡아 낸다.

'인종의 용광로'라는 단어를 만들어 냈지만, 뿌리 뽑기 어려운 인종혐오가 도사리고 있던 나라, 민주주의의 수호자를 자처하지만 대륙 내에서 벌어지는 수없는 학살과 폭력을 직시하지 못한 나라, 계몽주의의 후계자이면서 합리적 실용주의의 원산지이지만 한편으로는 시오니즘이 활개를 치는 기독교 국가. 곳곳에 도사리고 있는 이런 미국적 모순에 대한 통찰은 지금도 건재하고, 여전히 유효하다고 말할 수 있다. 지난 2016년 모두를 경악에 빠뜨렸던 트럼프의 당선 이후, 미국 지식인들이 가장 많이 소환한 문학 작품이 바로 『모비딕』이었기 때문이다.* 『모비딕』이 미국의 대표적인 고전으로 뽑힐 수밖에 없는 이유다. 따라서 에이해브의 타나토스적 열정을 잘 들여다보려면 『모비딕』이 정조준하고 있는 문제적 대륙, 아메리카를 들여다봐야 한다.

* 다음을 참고하라. "Want to better understand the Trump presidency? Give 'Moby-Dick' another read"(트럼프 당선을 이해하고 싶은 당신에게—'모비딕'의 다른 독법을 권함), *Los Angels Times*, April 22, 2018.(https://www.latimes.com/opinion/op-ed/la-oe-almond-books-trump-20180422-story.html)

‹덧달기› 『모비딕』이 변주한 성경 속 인물들

장담하건대, 성경과 친숙하다면 『모비딕』을 더욱 재밌게 독파할 수 있다. 단, 불경함에 대한 지나친 거부감이 없는 이들이라면 말이다. 구약 「창세기」의 아브라함부터 신약의 예수에 이르기까지, 성경의 캐릭터들이 기존의 역할과는 다른 옷을 입고 줄거리를 채워 나가는 장면들을 보는 재미는 쏠쏠하다. 이번 '덧달기'에서는 『모비딕』에서 변주하고 있는 성경의 주요 인물들을 짚어 본다.

1. 구약 「욥기」의 욥

귀스타브 도레(Gustave Doré)가 그린 「욥과 그의 친구들」

사실 「욥기」는 구약 경전 중에서 유독 서양인들의 사랑을 많이 받은 작품이다. 도스토옙스키의 『까라마조프의 형제들』이나 존 밀턴의 『투사 삼손』, 칼 융의 『욥에의 대답』 등 「욥기」에서 모티브를 따온 작품들은 셀 수가 없다. 구약의 경전 중에서 심오한 철학을 지닌 깊이 있는 문학 작품으로 추앙받기 때문일까. 『모비딕』 역시 「욥기」를 직접적으로 인용하지는 않지만, 우회적으로 「욥기」를 떠올리게끔 하는 장치를 많이 심어 두었다. 때문에 아예 「욥기」와 『모비딕』을 연결시켜 쓴 학술 논문들도 많다.*

「욥기」의 주요 줄거리는 사실 간단하다. 욥이라 불리는 의인이 있었다. 어찌나 경건하고 착하게 살았던지 신조차도 사탄 앞에서 그를 자랑할 정도다. "네가 내 종 욥을 주의하여 보았느냐 그와 같이 온전하고 정직하여 하나님을 경외하며 악에서 떠난 자는 세상에 없느니라."(「욥기」 1장 8절) 한마디로 팔불출이다.

교활한 사탄이 기회를 놓칠 리가 있나. 그가 제안한다. "이유 없이 신을 경배하는 인간이 어딨습니까? 욥에게 저리 많은 복을 주셨으니 당연한 것이죠! 이제 그를 한번 시험해 봅시다. 모든 것을 잃고도 믿음을 끝까지 지킬 수 있는지를요!" 사탄의 잔인한 시험은 이어진다. 하루아침에 재산을 잃더니, 그다음은 아들 일곱과 딸 셋이 한날한시에 죽음을 맞는다(그리스로마 신화에 나오는 니오베 여왕의 이야기가 떠오르는 대목이다. 그녀 역시 일곱 아들과 일곱 딸을 한순간

* 다음을 참고. Daniel G. Hoffman, "Moby-Dick: Jonah's Whale or Job's?", *The Sewanee Review*, Vol. 69, No. 2(Apr.-Jun., 1961) ; W. A Young, "Leviathan in the Book of Job and Moby-Dick", *An Interdisciplinary Journal*, Vol. 65, No. 4(Winter 1982) ; Raymond Ide, "Pursuing the White Whale: Why Christians Should Read", *Pro Rege*, Vol. 47, No. 4(Jun., 2019)

에 다 잃고 만다). 그렇지만 욥은 꿋꿋이 신에 대한 자신의 신념을 지키고, 잔인한 사탄은 이제 그의 몸을 쳐서 온몸이 욕창으로 시달리게 만든다. 며칠 사이 병든 거지가 된 욥은 깨진 그릇 조각을 가져다가 벅벅 긁는 신세가 되고 만 것이다.

「욥기」의 1~2장은 이렇게 주요 줄거리가 초스피드로 전개되고, 멀리서 욥의 소식을 듣고 달려온 세 명의 친구들이 비통해하며 욥과 종교적 토론을 전개하는 것이 나머지 3장부터 무려 42장까지의 내용이다. 소설 『모비딕』의 초반부에 나오는 '빌대드' 선장의 이름 역시 이 세 명의 친구들 중 한 사람의 이름을 따온 것이며, 그 뜻은 '논쟁하는 아들'이다.

더 좋은 목초지를 찾아 양떼를 먹이고, 우물을 두고 칼싸움을 벌이던 부족 시대. 하루 아침에 재산과 가족을 잃고 병까지 드는 불운을 겪는 이가 한둘이었을까? 주변의, 혹은 자신의 운명을 되짚어 보며 사람들은 의문을 가졌을 것이다. '왜 야훼는 의인의 불행을 내버려두는가?' 인류가 종교를 가진 이상 결코 떠날 수 없는 가장 근원적 질문이 욥과 세 친구의 토론을 통해 「욥기」에서 치열하게 펼쳐진다. 욥은 사실 의인이 아니라 죄인 아니었을까, 하는 친구들의 합리적 의심(?)에서부터 신의 설계 말고는 설명될 길이 없는 천지만물에 대한 경이로움, 그 속에서 겪는 끝없는 풍파, 믿음과 기도로 덮으려 애써도 자꾸만 드는 의문을 감출 수 없는 인간의 지성 등 이 모든 서사를 수많은 문학적 비유와 시적 은유로 보여 준다.

2. 구약 「열왕기상」의 아합

귀스타브 도레(Gustave Doré)가 그린 「아합 왕의 죽음」

「열왕기상」은 이스라엘의 왕의 족보를 다룬 경전이다. 이스라엘을 통일하고 유다 왕국을 세운 다윗 왕, 그 뒤를 이어 최대 부흥기를 이룬 솔로몬의 전기가 잠깐 서술되고, 그다음부터는 북이스라엘과 남유다로 분열되어 반쪽짜리 왕국을 근근이 이어 가는 왕들의 일대기가 나온다. 대부분의 왕들은 간략하게 서술되고 마는데, 가장 유명한 스타(!) 아합만은 다르다. 그 인생의 최대 눈엣가시였을 엘리야 선지자와 맨날 엎치락뒤치락 싸우는 내용으로 「열왕기상」의 후반부를 전부 채운다. 아합은 신 앞에 불순종하며 그의 아내 이세벨과 함께 악독한 짓을 저질렀기에 절대 본받지 말아야 할 표본으로 교회의 설교 말씀에 단골 소재로 등장한다.

그러나 역사서를 통해 아합을 보면 성경과는 다르다. 북이스라엘의 번영을 위해 주변 나라들과의 무역을 장려하고, 우상을 섬기는 이방인 여성을 왕비로 데려온 것 역시 기존의 일신교적 정책을 고집하기보다는 다신교를 장려해 여러 문물을 받아들이는 일종의 정치 전략을 구사한 것이라고. 이렇게 보면 꽤나 수완이 좋은 왕이다. 그러나 이스라엘 민족의 정체성이 오직 하나뿐인 신, 야훼에서만 나온다고 믿는 민족주의자들에게 아합은 얼마나 증오스러운 왕이었을지 짐작이 간다. 「열왕기상」의 후반부 내내 악랄한 짓만 계속하다가 결국 비참한 죽음을 맞이하고, 심지어 신하들이 시신을 수습해 줄 여력이 없어 개들이 와서 그의 피를 핥는 장면으로 끝나는 그의 최후는 다분히 악의가 가득한 서술이다.

이렇게 성경 속 실존 인물의 다른 면을 보고 싶다면, 역사서를 읽는 것도 좋은 방법이고, 또 성경을 모티브로 한 다른 고전들을 읽는 것도 좋다. 특히 아합 왕에 관해서라면 가장 최고는 『모비딕』을 읽는 것이다. 서양 최고의 경전에서 영원한 악인으로 박제된 자가 미국 문학에서 가장 강력한 임팩트를 가진 히어로로 다시 부활하는 기가 막힌 반전의 재미를 느껴볼 수 있다.

3. 구약 「창세기」의 이슈메일

렘브란트(Rembrandt Harmenszoon van Rijn)가 그린 「아브라함에게 쫓겨나는 하갈과 이스마엘」

모든 기독교인은 자신들을 '아브라함의 자손'이라고 부른다. 누구든지 하나님을 믿는 자는 아브라함의 계보에 들어갈 자격을 얻게 되기 때문이다. 아브라함은 혈통을 뛰어넘어 무수한 자손들을 거느린 상징적인 의미의 '믿음의 선조'가 되는 영광을 누린 셈이다. 그가 기독교 역사에서 이런 전무후무한 타이틀을 거머쥐기까지 수많은 시련과 고난을 거쳐야 했는데, 그 중 하나가 정말 아이러니하게도 대를 이을 아들을 낳지 못해 괴로워한 것이었다.

그의 아내 사라는 결혼 후 수십 년이 지나도록 임신조차 하지 못했다. 아들로 적통을 잇는 부족 사회에서 불임과 견줄 만한 가문의 수치는 없었다. 궁여지책으로 사라의 시녀 하갈을 첩으로 들여 아들을 낳게 되고, 이슈메일(이스마엘)이 탄생한다. 그가 장성하는 중에 사라 역시 뒤늦게 임신하여 이삭을 낳는다. 이 둘 사이의 갈등은 깊어질 대로 깊어지고, 아브라함은 근심하다가 결국 광야로 하갈과 이슈메일을 내보낸다. 말이 내보내는 것이지 사실 사막에서 죽으라는 것과 마찬가지다.

렘브란트의 그림은 아브라함이 모자를 쫓아내는 바로 그 장면을 묘사한 것이다. 아브라함 가문의 일대기를 읽다 보면 신의 양면성을 보게 된다. 네 아이는 '들나귀처럼 방황하고 골육상잔할 것'(「창세기」 16장 12절 참고)이라고 저주를 내리는가 하면, 또 "여종의 아들도 네 씨니 내가 그로 한 민족을 이루게 하리라"(「창세기」 21장 13절)는 축복도 잊지 않는다. 실제로 이 약속은 어긋남 없이 실현되었다. 이제 이삭의 계보를 잇는 후손이라고 스스로를 지칭하는 전 인류적 기독교 커뮤니티가 세워진 한편, 이슈메일의 자손들 역시 아랍인의 계보를 이으며 무슬림 커뮤니티를 만들어 냈으니까. 여기서 오직 이스라엘 민족만이 아브라함의 자손이라고 주장하며 새 언약(신약)의 선포를 인정하지 않는 종교가 유대교다. 인류를 대표하는 세

종교의 축이 아브라함의 족보에서 전부 만난다. 배다른 형제들끼리 반목하는 끝없는 싸움을 계속하고 있으니 「창세기」의 예언은 모두 들어맞은 셈이다.

3장

미국을 비추는 거울, 모비딕

3장

미국을 비추는 거울, 모비딕

1) 신대륙이 낳은 어린 고전

> 멜빌은 피쿼드 호를 통해 미국을 거울처럼 비춘다. 서부를 향해 질주하며, 대륙을 먹어치우느라 스스로 오물을 뒤집어 쓴 미국 말이다.*

민족과 국경 등 모든 경계를 뛰어넘는 능력을 가진 텍스트가 바로 고전이지만, 고전의 출신지나 국적을 완전히 배제하고 그 의미를 논하기란 어렵다. 서양의 여러 고전 중에서도 『모비딕』이 가진 두드러지는 특징은, 역사가 250년이 채 안 된 신생 국가에서 탄생한 고전이라는 것이다. 우리가 쉽게 이름을 댈 수 있는 고전들의 목록을 쭉 훑어보자면, 수천 년에 걸쳐 살아남은 굵직한 시간성을 품은 경우가 많다. 대개 기원전까지 그 역사를 거슬러 올라갈 수 있는 국가들 출신인 것이다. 그와 비교했을 때, 어린 고전이긴 하지만, 『모비딕』을 통해 시대를 들여다본다는 건 역사적 개념으로 분칠된 미국을 한꺼풀 벗겨 낸 뒤 그 안의 모순, 갈등, 위선이 우글우글 들끓는 괴이한 미국의 면면을 마주한다는 뜻이다. 즉, 미국이라는 나라가 이제 막 걸음마를 시작하고 패권 국가로 발돋움하기 전 단계를 가장 잘 들여다볼 수 있다.

허먼 멜빌은 그 당시의 미국이 가진 문제점에 대한 관심을 놓지 않았으며, 관련된 주제들을 자신의 모든 작품에 하나도 빠짐없이 녹여 낸다. 이 리얼리티의 측면에서, 『모비딕』은 19세기 미국사에 대해 쓴 근엄한 역사책보다 훨씬 재미있다. 당시의 미국은 그야말로 모순투성이의 국가였다.

19세기[의 미국—인용자]는 회의와 지혜의 시대였던 만큼이

* 원문과 출처는 다음과 같다. "Melville made of the Pequod a mirror of America rushing westward, poisoning itself by eating up a continent." Andrew Delbanco, *Melville: His World and Work*[Kindle Edition], Kindle Locations 3603~3604.

나 믿음과 어리석음의 시대이기도 했다.커트 앤더슨, 『판타지랜드』, 정혜윤 옮김, 세종서적, 2018, 95쪽.

허먼 멜빌이 죽고 한참 뒤인 20세기 초에 제1차 세계대전 참전을 선언하며 윌슨 대통령이 내세웠던 명분은 민주주의였다. 멜빌은 19세기 미국의 팽창 정책이 20세기에 전쟁의 야욕으로 터져 나오리라는 것을 예감했을지도 모른다. 전 세계 곳곳에 자유와 평등을 심고 민주주의라는 가치를 이룩하겠다는 미국의 기치는 기독교의 그것과 매우 닮아 있다. 그는 '영 아메리카'(Young America)라는 지식인 모임에서 소위 민주주의를 외치는 사람들이 골수 확장주의자라는 것을 깨닫는다. 이는 그가 실제로 폴리네시아 섬에서 목격했던, 선교사들이 원주민을 짐승 취급하며 마차를 끌게 하는 것과 교차되는 장면이었다. 왜 민주주의라는 것이 실제로 자유와 평등을 이룩하지 못하는가? 결국 아메리카가 주장하는 민주주의의 실상은 대체 무엇인가?

2) 흰고래와 민주주의

만일 우리 시대에 민주 국가에서 전제 정치가 자리를 잡는다

> 면 그것은 다른 성격을 갖게 될 듯하다. 요컨대 그것은 더 넓게 영향을 미치면서 동시에 더 부드러운 형태를 띨 것이다. 민주 국가에서의 전제 정치는 인간에게 고통을 주지는 않지만 인간의 품위를 훼손한다. 알렉시 드 토크빌, 『아메리카의 민주주의』 2, 이용재 옮김, 아카넷, 2018, 549쪽.

미국은 새로운 기독교적 신세계를 꿈꾸며 신대륙으로 이주한 이민자들에 의해 세워진 나라다. 이제 막 걸음마를 시작했던 아기는 단숨에 자라나 200년이라는 짧은 시간 동안 온 세계를 쥐고 흔드는 헤게모니를 장악하게 된다. 미국인들은 이스라엘 히브리 민족의 선민 의식을 그대로 물려받은, 야훼의 나라다. 그들이 이루었던 모든 부와 성취들, 위대한 자유민주주의의 수호자. 이 모든 네이밍이 과연 하나님이 허락하신 것이 아니면 무엇이겠는가?

따라서 미국의 시대상을 반영한 허먼 멜빌의 소설에서도 기독교와 민주주의에 대한 키워드는 빠뜨릴 수가 없다. 특히 그는 민주주의에 대한 자신만의 확고한 관점이 있었다. 19세기는 미국이 민주주의라는 기치를 본격적으로 들어올리기 시작한 시대다. 이를 시작으로 민주주의 전도사로서의 미국의 역할은 20세기 제1차 세계대전 참전의 강력한 명분으로 자리 잡는다.

허먼 멜빌이 당시 어울렸던 지식인 친구들 대부분이 젊은 민주주의자들인 진보 엘리트들이었다. 하지만 거기서 멜빌은 미국 민주주의의 수상함을 목격한다. 니체가 "인간은 동일하지 않다"라고 말하며 민주주의를 비판했을 때, 그와 비슷한 시대에 비슷한 생각을 한 이가 미국 대륙에 적어도 한 명 더 있었던 것이다.

이것이 바로 민주주의의 부드러운 독재, 즉 그가 『모비딕』을 통해 말하고 싶었던 잔혹한 민주주의(ruthless democracy)다.* 독재 정치나 봉건제 하에서처럼 고문이나 개죽음을 당하는 가시적인 고통은 없으나, 존재로서의 품격을 자신도 모르게 잃어 가는 것. 마치 뜨거운 물에 익어 가는 줄도 모르고 푹 잠겨 있는 솥 안의 개구리처럼 말이다. 이는 민주주의의 모순이며, 에이해브의 광기 어린 추격은 최소한의 품격을 인식한 존재가 취할 수 있는 유일한 대항이다.

인간은 누구나 완전히 평등하기 때문에 완전히 자유로울 것이며, 완전히 자유롭기 때문에 완전히 평등할 것이다.알렉시 드 토크빌, 『아메리카의 민주주의』 2, 182쪽. 이것이 민주주의에서 작동하는 전

* 허먼 멜빌이 1851년 6월 너새니얼 호손에게 보낸 편지에서. www.melville.org/letter3.htm

제성(專制性)임을 감안할 때, 우리의 자유는 모든 존재적 가장자리를 거세하여 왜소하고 균질한 개인들만 남은 평등 속에서나 가능하다. 자신을 완전히 다른 방식으로 뒤흔들어 버리는 감응의 신체나 이를 인지할 수 있는 지각 능력은 사라져 버리고, 다수 시민 속에 편입된다.

> 강한 감정에 사로잡혀 있을 때면 인간은 모든 천박한 생각을 경멸하지만, 그런 순간은 금세 덧없이 사라져 버린다는 것이다. 신이 만든 제품인 인간의 본질적 상태는 바로 천박함(sordidness)이고, 그것은 영원히 변치 않는다고 에이해브는 생각했다.『모비딕』, 274쪽(p.331).

> 민주주의는 인간 개개인이 자신의 조상을 잊고 살게 할 뿐만 아니라 후손에게 무관심하게 만들며 동시대인들에게서 떨어져 살게 만든다. 민주주의는 끊임없이 인간을 자기 자신에게만 이끌며, 인간을 자기만의 고독 속에 완전히 가둘 위험이 있다.알렉시 드 토크빌,『아메리카의 민주주의』 2, 191쪽.

천박한 인간의 완전한 평등 사회. 사실 민주주의가 가려 버린 인간의 민낯은 이러할지도 모른다. 그렇다면 내재적 고귀함은 어떻게 함양될 수 있는가? 모비딕이 에이해브의 레이더에 감지된 순간, 수탉의 우렁찬 울음소리가 빚에 시달리는 주인공의 귓전에 울려퍼지는 순간, 그들은 눈이 번쩍 뜨이고 신체의 감각들이 달라진다. 어떻게 하면 지금의 나를 뛰어넘는 존재가 될 수 있을까? 존재의 민주성이라는 그럴듯한 말로 서로의 천박함을 가리기 바쁜 것이 아니라, 수직적으로 비상할 수 있는 힘을 감지하고, 제대로 된 질문을 놓치지 않고 탐구해 보는 것—가장 원초적인 생명력은 바로 여기서 활발발(活潑潑)하게 작동될 것임이 분명하다. 그래서 에이해브는 인간 너머의 신을 닮은 인간이 되려 하고, 신의 사자인 고래에게 도전장을 내미는 것이다.

> 아메리카에서는 다수가 너무나 절대적이고 저항하기 힘든 지배력을 행사하는 까닭에, 다수가 정해 놓은 길에서 벗어나길 원하면 어느 정도 시민으로서의 권리를, 굳이 말하자면 인간으로서의 자질을 포기해야만 한다. 알렉시 드 토크빌, 『아메리카의 민주주의』 2, 438쪽.

미국이 제국으로 발돋움하며 벌어졌던 수많은 전쟁과 원주민 학살, 이를 막는 지성으로 전혀 작동하지 않았던 주류 사상, 신 앞의 평등이라는 아름다운 가치와 기술 발달의 혜택으로 존재적 힘을 잃고 무력해져 가는 문명인들. 이 심상치 않은 미국의 분위기를 허먼 멜빌은 예리하게 포착했던 것이다. 늘 성경을 끼고 다니며 거룩한 말씀을 외고 다니는 빌대드 선장이 보여주는 '평범한 일관성의 부족'은 미국이 품고 있는 극단의 모순을 우회적으로 드러낸다.

> 빌대드 선장은 (……) 타고난 퀘이커교도답게 조금도 마음이 흔들리지 않았고, 조끼의 매무시 하나 흐트러진 일이 없었다. 하지만 이런 불변성에도 불구하고 훌륭한 빌대드 선장은 평범한 일관성이 부족했다. 그는 양심의 가책 때문에 무기를 들고 침략자들과 맞서기를 거부했지만, 그 자신은 대서양과 태평양을 무한정 침략했다. 인간을 살육하는 데에는 철저히 반대했지만, 일단 선장복을 입으면 거대한 고래의 피를 몇 통씩 흘려보냈다. 이제 관조적인 인생의 황혼을 맞아 경건한 빌대드가 추억 속에서 이런 것들을 어떻게 조화시키는지는 나도 모른다. (……) 어쩌면 그는 오래전에 이미 인간의 종교와 이 현실세계는 완전히 별개라는 현명하고 분별 있는 결론에 도달했는지도 모른다.『모비딕』, 116쪽(pp.128~129).

3) 미국의 자연관 ① 미지성—흰색의 계보학

민주주의와 자유, 평등이라는 아름다운 깃발의 선봉대였던 19세기 미국의 상황은 이와 정반대에 가까웠다. 민주주의는 오로지 백인들 사이에서만 통용되는 가치였다. 유색 인종들은 아예 인간의 범주에 들지 않았다. 물론 이 간극을 인식한 인종차별 반대론자들의 활발한 활동이 있었다. 그러나 신의 마땅한 명령 아래 미개한 인종을 개화시켜야 한다는 계몽주의적 선민의식의 냄새는 지울 수 없었다. 『모비딕』은 이런 미국의 현실을 풍자적 대사와 리얼한 묘사로 담아 낸다.

특히 '흰색'에 대해 설명한 장은 과연 이 눈부신 순백의 색깔이 세계사와 인류의 의식에 어떤 영향을 끼쳤는가를 말하지만, 사실 인종에 대한 깊은 함의를 담고 있다. 42장 「고래의 흰색」은 미국 문학사에서도 백미(이 '백미'白眉라는 단어 역시 희다!)로 꼽힌다. 도서관에 처박혀 온갖 책들을 해치우며 흰색의 계보학을 줄줄이 써 내려갔을 허먼 멜빌의 노고를 그대로 맛볼 수 있는 장이다.

'모비딕'은 왜 하필 눈부시게 하얀 고래일까? 이 장에서 이슈메일은 흰색의 세계사적 맥락과 역사적 사실들을 줄줄이 읊어 내린다. 흰색이 세계 지역을 막론하고 얼마나 고귀하고 숭고한 상징으로 쓰였는지, 그리스 신화부터 이로쿼이족 인디언, 기독교 성직자들, 페르시아의 배화교도들, 로마인 등의 사례를 나열한다. 이슈메일이 흰색이 너무 좋아서, 혹은 자신의 잡지식을 자랑하고 싶어서 종이 몇 장을 할애해 가며 길게 늘여 쓰는 것은 당연히 아니다. 이 흰색에 대한 분석에, 당시 미국이 인식하는 외부 세계, 자연을 바라보는 서구인들의 시각이 모두 들어가 있다. 흰색이라는 단순한 색깔을 설명하며 인간의 심리와 자연에서의 흰색이 왜 그토록 경이로운지, 결론적으로 에이해브의 하얀 고래에 대한 저 미친 집착을 흰색이 가진 이 독특함을 통해 한번 이해해 보라는 것이다.

> 그리하여 흰색의 존귀함은 인류 자체에도 적용되어 백색 인종은 이상적인 인간으로서 다른 모든 유색 인종보다 우위에 서게 되었다.『모비딕』, 247쪽(p.293).

이 말만 보면 백인이 존귀하다는 문장 같지만, 사실 풍자적 의도라는 증거는 도처에서 발견된다.

> 설선(snow-line) 위에는 심장이 있을 리가 없어.『모비딕』, 619쪽(p.782).

오라! 나는 황제의 손을 잡은 적도 있지만, 그보다는 너의 검은 손을 잡고 가는 편이 더 자랑스럽구나!『모비딕』, 620쪽(p.783).

이 두 문장은 백색 인종의 우위를 말한 것과 완벽하게 대비된다. 설선이란 백인을 뜻하는데, 허먼 멜빌(혹은 이슈메일)은 스스로가 백인이면서도 통렬하게 비꼬는 것이다. 자고로, 흰색 인종이 남들을 생각하고 존중하는 사랑과 배려를 상징하는 심장이 있을 리가 없다면서 말이다.

그다음으로 흑인 소년 핍의 손을 잡는 에이해브의 대사가 이어진다. 고래보다도 값싼 노예 소년의 검은 손이 황제의 손보다 훨씬 영광스럽다는 말은 시대적 상황을 고려해 봤을 때, 그야말로 파격적이다.

하지만 감미로운 것, 명예로운 것, 숭고한 것과 관련된 것들을 이렇게 모두 모아 보아도 이 흰색의 가장 깊숙한 개념 속에는 좀처럼 포착하기 어려운 무언가가 숨어 있어서, 두려움을 불러일으키는 붉은 핏빛보다 더 많은 공포를 우리 영혼에 불러일으킨다.『모비딕』, 248쪽(p.294).

흰색이 불러일으키는 공포는 핏빛을 닮은 붉은색보다 더

어마어마하다고 말하는 이 내러티브는 어떻게 해석되어야 할까? 고귀함과 순결의 상징인 흰색에서 왜 두려움을 느끼는가? 이 챕터의 제목은 앞서도 말했듯이 '고래의 흰색'으로, 에이해브가 모비딕에게 강렬하게 끌리고 집착하는 이유 중 하나인 모비딕의 색깔에 대해 설명하며 전개된다. 고래는 보통 검은색이나 점박이들이 많기 때문에, 눈처럼 하얗고 매끈한 색을 자랑하는 고래는 단박에 고래잡이들의 눈에 띌 수밖에 없다. 모비딕은 수많은 고래들 중에서도 단연 눈에 띄는 알비노 고래였다.* 여기서 흰색은 단순히 색깔로 기능하는 것이 아니라 서구인들이 바라보는 외부 세계, 자신들을 둘러싼 자연에 대한 인식을 담은 전제, 그 자체로 비유할 수 있다.

토머스 홉스가 '만인에 대한 만인의 투쟁'을 주장하며 폭력으로 가득 찬 무법 상태를 자연으로 간주한 정치서의 이름 역시 '리바이어던'(고래)인 것 또한 우연이 아니다. 당장 유튜브에 향유고래나 범고래, 혹등고래를 검색해 봐도 그 어마어마한 사이즈에 실감이 나지 않는다. 심해를 자기 집 드나들듯 하는 이 거대한 사이즈의 생물을 대체 인간의 한정적인 지각으로 어떻게

* 그리고 이 모든 것의 상징이 바로 흰고래인 것이다.("And of all these things the Albino whale was the symbol.")『모비딕』, 256쪽(p.305).

설명할 수 있을 것인가? 우주를 탐사하고 새로운 입자를 발견하는 최첨단의 과학을 누리며 사는 현대인들이라도 느끼는 경이로움이 이럴진대, 200년 전 고래잡이들이 느꼈을 압도적인 감정은 감히 설명할 수 없을 것이다.

『모비딕』에는 식인종, 인디언, 페르시아인 등 다종다양한 캐릭터들이 입체적으로 제시된다. 이 야만인들의 펄펄 날아다니는 신체를 백인들과 비교하며, 흰색에 대한 공포의 근원이 대체 무엇인지 설명한다. 왜 우리는 자연에 대해, 혹은 식인종이나 흑인 같은 미지의 사람과 세계에 대해 공포감을 느끼고 두려워하는가?

> 무지는 두려움의 아버지이다.『모비딕』, 55쪽(p.51).

> 이른바 야만 사회보다 고도로 문명화된 사회에서 죽음에 대한 두려움은 더 널리 퍼져 있었다.허먼 멜빌, 「빌리 버드」, 『허먼 멜빌: 선원, 빌리 버드 외 6편』, 김훈 옮김, 현대문학, 2015, 443쪽.

광대한 바다와 거대한 고래, 우뚝 솟은 산과 강, 만질 수 없는 바람과 다종다양한 생물들, 자연은 이 모든 물상을 포함할 뿐만 아니라, 삶과 죽음 같은 존재적 섭리 역시 자연에 비유될 수 있다. 모든 정보 체계와 지식의 바다를 손에 쥐고 있는 것 같아도, 문명인들이 모르는 것이 있다. 바로 자연에 대한 무지다. 이는 존재로서 반드시 겪는 탄생과 소멸에 대한 무지로 이어진다. 이 무지가 바로 두려움과 공포를 낳는 것이다.

우리는 왜 흰색을 보며 알 수 없는 두려움에 휩싸이는가? 분명하지 않기 때문이다. 흰색만큼 다른 색을 잘 받아들이는 색이 또 있을까? 금방 변해 버리는, 확정지을 수 없는 이 불완전함이 흰색을 바라보는 사람들로 하여금 미치게 하는 공포를 느끼게 하는 것이다. 고어물이나 귀신 영화를 보며 느끼는 공포는 사실 공포라 할 수 없다. 진정한 공포는 바로 이 '알 수 없음'에서 나오는, 규정짓기 어려운 막연한 흐릿함에서 비롯된다. 그것은 자꾸만 개념과 언어로 모든 것을 고정시키고 확실하게 법률로 성문화시키는 습관을 타고난 이 백색 문명인들을 지독하게 괴롭히는 것이다. 마치 흰색처럼!

> 흰색을 생각만 해도 그 공포가 극한까지 높아지는 것은 바로 이 포착하기 어려운 성질 때문이다.『모비딕』, 248쪽(p.294).

> 하얀 은하수의 심연을 쳐다보고 있을 때, 우주의 무정한 공허함과 광막함을 넌지시 보여 주어 무서운 절멸감으로 우리의

등을 찌르는 것은 그 색깔의 막연한 불확정성(indefiniteness)이 아닐까?『모비딕』, 255쪽(p.304).

4) 미국의 자연관 ② 정복—〈겨울왕국〉과 『모비딕』

2019년 겨울, 디즈니의 애니메이션 〈겨울왕국 2〉가 본편의 영광을 재현하며 공전의 히트를 쳤다. 디즈니의 판타지 세계는 결코 판타지로만 제한될 수 없음을, 영화관을 나서며 생각하게 되었다. 『모비딕』을 읽은 나로서는 서구, 특히 미국에서 어떻게 자연과 세계를 바라보는가에 대한 질문이 들지 않을 수 없었던 것이다. 특히 디즈니의 콘텐츠는 미국 내에서만 한정되는 로컬이 아니다. 전 세계를 사로잡고, 아이들뿐만 아니라 어른들조차도 열광하는 그 이면에, 사실상 미국이라는 나라의 가치관이 이미 보편적 코드로 작동하고 있음은 부인할 수가 없다.

〈겨울왕국 2〉의 줄거리를 거칠게 요약해 보자면, 아렌델 왕국의 여왕 엘사와 그녀의 여동생 안나가 왕국에 닥친 위험을 해결하고자 모험을 떠나는데, 그 과정에서 먼 옛날 자신들의 할아버지가 저지른 잘못을 알게 되고 바로잡게 되며 해피 엔딩에 이르는 모험담이다. 추운 겨울과 바다를 배경으로 한 모험 이야기라니, 『모비딕』이 자동적으로 연상되지 않을 수 없었다. 『모비딕』의 고래처럼 거대하고 압도적인 목표물이 나오지는 않는다. 다만 평화롭던 왕국에 어느 날 갑자기 위험이 닥치고, 엘사와 안나는 모험을 다시 시작해야만 하는 상황에 처한다. 왜 이런 일들이 벌어진 것일까? 최근 들어 엘사에게만 들리는 정령의 노랫소리의 정체는 뭘까? 이 모든 사건의 이유와 의미를 찾아 왕국을 떠난 자매. 어머니는 이런 상황을 알기라도 했다는 듯이 그녀가 가진 영적 힘으로 어린 엘사와 안나에게 암시를 남긴다.

> There's a river full of memory(모든 것을 기억하는 강이 있단다)
>
> (……)
>
> For in this river all is found(이 강에서 모든 것을 알게 될 테니)
>
> (……)
>
> There's mother full of memory.(모든 것을 기억하는 어머니의 강이 있단다) <겨울왕국 2> OST "All is found" 중

> 아버지가 누구인가 하는 비밀은 어머니의 무덤 속에 있으니, 그것을 알려면 무덤으로 가야 한다.『모비딕』, 586쪽(p.739).

감춰진 모든 비밀과 비의를 알아내려면 기억의 강을 찾아 나서라는 힌트가 노랫말 속에 들어 있다. 그리고 그 강은 '어머니'로 묘사된다. 이 기억의 어머니를 찾아 나선 엘사는 그곳에서 완전한 기억, 즉 과거의 진실을 마침내 마주한다.

『모비딕』의 많은 암시와 〈겨울왕국 2〉의 미장센은 상당히 비슷하게 겹쳐진다. 모든 것을 알고 있는 강은 '어머니'로 표현되고, 에이해브 역시 어머니에게 집착한다. 과연 아버지는 누구인가 하는 자신의 존재적 기원을 찾으려면 어머니를 찾아야 한다는 것. 이 점에서 기억의 강(River of memory)과 에이해브의 어머니에 대한 인식은 아주 비슷하다. 에이해브는 무덤으로 갈 것을 선언하며 『모비딕』의 불길한 결말의 복선을 차곡차곡 쌓고, 엘사는 무덤만큼이나 깊고 어두운 동굴의 바닥으로 뛰어내린다. 도대체 무엇 때문에 이런 일이 일어났는지 알기 위해서.

엘사와 안나뿐만이 아니다. 삶의 실존이 흔들리는 순간, 인간은 질문을 던지게 된다. 왜 이런 사건이 벌어졌을까? 왜 나인가? 무엇을 어떻게 해야 하는가? 어떤 이들은 종교와 신을 찾을 것이다. 신이라는 대전제와 성경이라는 유구한 경전 아래, 모든 답변들은 깔끔하게 준비되어 있다. 혹은 〈겨울왕국 2〉의 두 자매처럼 먼 곳으로 정령들을 찾아 떠나기도 한다. 책을 읽든 기도를 하든 굿판을 벌이든 조언을 구하든, 인간이 취할 수 있는 가장 근본적인 운명 탐구, 다시 말해 진리를 알려고 하는 방식은 두 가지다. 첫째, 신을 찾거나, 둘째, 자연을 탐구하거나. 『모비딕』의 에이해브 역시 마찬가지다. 그는 끊임없이 궁금해한다. 우리는 모두 어디서 태어나 어디로 가는 것이지? 예전 같았으면 상상도 못할 일을 벌이고 있는 나는 과연 에이해브인가? 에이해브는 누구인가?

> 이건 대단한 수수께끼로군. (……) 법률가들도 이 수수께끼는 풀지 못할 거야. (……) 하지만 나는 어떻게든 그 수수께끼를 풀고야 말 테다! 『모비딕』, 668쪽(p.841).

그래서 영특하고 흰고래는 신과 자연·진리를 상징하고, 에이해브는 그 수수께끼를 풀기 위해 달려드는 인간 탐구의 전형으로 빗댈 수도 있다. 다만 에이해브나 엘사와 안나에게서 발견할 수 있는 가장 큰 특징은, 그들에게 이 진리라는 것, 진리를 품고 있는 자연이라는 것은 정복과 소유의 대상, 합일의 대상이며, 철저하게 외부적인 요소라는 점이다. 그들 개인과 자연은 철저히 분리되어 있으며, 그들에게 자연은 객체화된 대상이다. 그러므로 모든 수수께끼를 풀려면? 아렌델 왕국을 구하려면? 고래를 죽이거나, 깊은 동굴에 내려가 과거를 온전히 재현하는 완벽한 진리를 찾아내 '정복'해야 하는 것이다.

우아하고 여성스러운 캐릭터이지만 엘사의 언어와 행동은 정복성을 강하게 띤다. 특히 물의 정령(바닷속의 백마)을 격렬한 몸싸움 끝에 길들이는 장면을 봐도 그렇다. 또 그녀가 부르는 노래는 감춰진 것을 벗기고 드러낼 것이라는 포부가 들어 있다. 영화 전체에서 정령은 중요한 소재이지만 이미지적으로 묘사될 뿐, 주인공들과 교감하거나 깨달음을 주는 장면은 없다. 따라서 엘사의 주요 테마곡은 '쇼우 유어셀프'(Show yourself)! 너를 내게 보여 달라는 명령어이고, "올 이스 파운드!"(All is found), "마침내 발견했어!"라는 절정에 달한 콜럼버스 식의 외침이다. 유명 뮤지컬 가수 이디나 멘젤의 천장을 뚫을 듯한 우렁찬 고음으로 노랫말은 관객의 고막을 천둥처럼 내려친다. 글로 이 임팩트를 설명하려면 대문자 정도로는 턱없이 부족하다. 잔잔히 시작해 마침내 절정을 푹푹 찌르는 그 고음을 유튜브에서 한번 들어보는 것도 좋을 것이다. 이 노래는 에이해브가 불렀음직한 노래다. ALL IS FOUND!

> 말해다오! 거대하고 장엄한 머리여! (……) 말해다오, 위대한 머리여! 네 안에 있는 비밀을 말해다오.『모비딕』, 386~387쪽 (p.477).

But you don't have to hide. Show yourself.(숨지 않아도 돼. 너를 보여 줘.)<겨울왕국 2> OST "Show yourself" 중

"너무 깊이는 안 돼, 물이 널 삼켜 버릴 테니까"—어머니가 남긴 경고는 현실이 되었다. 비밀을 알게 된 바로 그 순간에 엘사는 얼어 버리고 만 것이다. 차이가 있다면, 엘사는 디즈니가 만들어 낸 아름다운 판타지적 장면 속에서 여동생의 도움으로 어려움을 극복하고 마침내 누구 하나 다치지도 않게 왕국을 구하는 영웅이 되지만, 에이해브는 그대로 바다에 침몰되었다는 것? 에이해브에게는 그를 구해 줄 동생이 없어서일까? 엘사와 에이해브, 둘 다 각자의 질문을 들고 바다 저 멀리 멀리 나아갔지만, 한 명은 탁월한 여동생을 둔 덕택에 구원받았고, 에이해브는 수장되었다.

만약 에이해브가 모비딕을 죽이고 살아남았다면? 그 이후의 대사를 엘사를 통해 유추할 수 있을 것이다. All is found! 마침내 나는 발견했다! 쾌감과 환희로 가득 찬 엘사의 언어는 정복의 언어다. 이 발견은 승리와 소유를 함축한다. 왔노라, 보았노라, 이겼노라! 어머니의 강이 엘사에게 보여 주는 것이 완벽한 과거의 한 장면이라는 점이 더더욱 그렇다. 마치 비밀스러운 과거의 한순간을 영사기처럼 빈틈없이 찍어서 구현하는 기계

처럼 강은 엘사의 의문을 풀어 주는 것이다. 하지만 자연은 결코 그런 식으로 작동하지 않는다. 완전한 객관성을 기계적으로 재현하며 선과 악을 명징하게, 마치 커피 머신에서 원액이 추출되는 것처럼, 단 하나의 정제된 진실만을 뽑아 내는 자연 말이다. 이토록 수동적일 수가 있는가? 자연 그 자체의 역동성과 움직임은 전혀 고려되지 않는다.

〈겨울왕국 2〉의 주인공들이 모두 모여 디즈니의 환상세계를 아름답게 연출하며 부르는 '불변하는 것들'(Some Things Never Change)이라든가 눈사람 올라프의 메인송 '내가 나이 들면'(When I Am Older) 같은 노래들이 가리키는 것은 하나다. 시간이 흘러도 절대 변하지 않는 것들에 대한 예찬, 고정 불변인 것들에 대한 사랑 말이다.

따라서 '불변하는 것들'을 찾아 '숨겨진 미지의 세상'(Into the Unknown)으로 떠난 뒤, 자연을 발견하고 '너를 보여 줘'(Show Yourself)를 명령한 후 '마침내 발견했어'(All Is Found)를 외치기—19세기의 『모비딕』은 이렇게 21세기의 현대 만화의 배치와 콘셉트를 정확히 담아 낸다. 21세기의 소설이 23세기의 콘텐츠를 거의 비슷하게 구현할 확률은 얼마나 될까? D. H. 로렌스(David Herbert Lawrence)가 멜빌을 두고 "20세기 미래파

(Futurism)를 앞지른 미래파"*라고 했던 평이 결코 허언은 아닌 셈이다.

> 내가 들여다보고 있는 그대의 눈은 지금도 그대의 저쪽 편, 미지의 영역에 존재하는 사물(objects on the unknown)을 똑같이 바라보고 있다. 그대, 태양이여! 『모비딕』, 594쪽(p.750).

모비딕만큼 영리하고 교활하게 인간을 희롱한 고래는 이제껏 없었다. 그를 잡으려고 달려들었던 배들은 부서지거나 죽다 살아나 거지꼴로 귀항했으며, 피쿼드 호 역시 모비딕을 추격하며 자신들보다 앞서 모비딕을 잡으려 했던 여러 배들의 초라한 실패담을 계속해서 듣는다. 아마 이런 이야기들이 오히려 에이해브의 정복 욕구를 자극했을지도 모르겠다. 여기에서 자연이 유독 여성성으로 묘사되는 이유가 나온다. 알 수 없는 외부적 대상을 무찌르고 정복해야만 한다는 남근적인 인식 속에서, 자연은 모든 비의를 담은 채 정복을 기다리는 순한 어머니, 혹은 유혹하는 매춘부로 비유된다. 가장 극과 극에 서 있는 단어

* Andrew Delbanco, *Melville: His World and Work*[Kindle Edition], Kindle Locations 584~585.

가 놀랍게도 하나를 가리키는 동일한 언표라는 건 정말 아이러니하다. 『모비딕』이 가진 특유의 마초이즘적 자연관은 흰색을 설명하는 장을 마무리하는 문장에서 한층 더 진하게 나타난다.

> 그래서 신격화된 '자연'은 매춘부처럼 진한 화장으로 우리를 매혹하지만, 그 매력은 속에 있는 납골당을 가리고 있을 뿐이다.『모비딕』, 256쪽(p.304).

5) 아포칼립스, 종말을 향한 아메리카적 열정

> 종말론(Eschatology)은 "마지막 때 일들을 다룬 교리"다. 종말론은, 종교의 눈으로 볼 때, 세계가 어떤 명확한 최종 목표를 향해 움직여 가는 경향을 갖고 있고, 이 최종 목표를 지나면 새로운 만물 질서가 수립되리라는 가르침 내지 믿음을 다루지만, (……) 이 새로운 만물 질서가 더이상 변화를 일으키지 아니하고 영원한 것이 지닌 고정성(固定性)을 갖게 되리라는 가르침 내지 믿음을 다루기도 한다. 게하더스 보스, 『바울의 종말론』, 박규태 옮김, 좋은씨앗, 2015, 35쪽.

자연의 미지성을 극복하기 위해 신이나 이데올로기 같은 전제는 더욱 공고해진다. 모든 과거가 완전히 고정된 채 영상처럼 재현되는 〈겨울왕국 2〉의 강물처럼, 이제 미래 역시 빈틈없는 계획과 필연으로 못박힌 채 정지되어 있다. 이러한 시간관은 바로 묵시록, 최후에 대한 기독교의 종말론과 아주 비슷한 배치를 가지고 있다. 미국인들의 대다수가 종말을 믿으며, 이 믿음은 그들의 역사관과 시간관에 상당한 영향을 끼친다. 만물의 끝이 정해져 있다는 생각, 종말이 도래한 이후 모든 것이 사라진다는 관념은 최후의 순간을 당기고 싶다는 충동을 불러일으킨다. 이왕 다 죽을 거라면 맘 졸이지 말고 지금 죽어 버리는 게 낫다! 이것이 바로 타나토스적 충동, 죽음에의 욕망이다. 종말을 향해 달려가는 시간을 설정한 목적론적 세계관이 바로 기독교의 기본 배치다.

모비딕과의 결투를 앞두고 기묘한 예지력을 가진 동료의 횡설수설, 온갖 동물과 자연 현상이 던져 주는 경고들은 하나같이 피쿼드 호의 파멸과 종말을 가리킨다. 이토록 스펙터클한 에이해브의 선분은 독자로 하여금 할리우드 영화들이나 소설의 주된 소재인 '아포칼립스'(Apocalypse: 종말)적 장면들을 교차시키게 만든다. 온갖 좀비 떼들의 출현, 느닷없이 지구로 돌진하는 소행성, 지구 위의 모든 것을 얼려 버리는 북극 한파까지, 할

리우드의 스케일은 얼마나 파멸과 종말을 극적으로 상상하는가에 좌우되는 것처럼 보인다. 종말이 가까이 왔다는 시간관은 사람들로 하여금 긴장을 팽팽하게 유지시키고, 지금껏 느껴 본 적 없는 강렬한 힘을 발동시키는 촉매가 된다. 인간 군상들의 경악스러운 아귀 다툼, 드라마틱한 감정들의 폭발과 혼돈, 한마디로 이 모든 광기적 신(scene)을 생생하게 드러낼 수 있는 플롯은 종말론 위에서나 가능하다.

그래서 종말론의 눈으로 『모비딕』을 읽어 보면, 고래와의 결투를 클라이맥스로 설정한 미국식 종말주의의 분투를 새롭게 잡아낼 수 있을 것이다. 에이해브를 포함한 선원들은 모비딕을 향해 한 발자국씩 다가가며 점점 고조되는 파멸의 힌트를 감지한다. 하지만 이런 긴장은 에이해브를 더욱 날뛰게 만들 뿐이다. 마치 바이올린 현을 끝까지 감은 듯한 아슬아슬한 긴장이야말로 에이해브가 자신의 에로스적 힘을 폭발적으로 확장시키는 방식이기 때문이다. 이 확장의 끝은 타나토스와 맞닿아 있다. 그가 만들어 내는 상승의 선분은 점점 치솟으며 절정의 단 한 순간을 위한 예비 폭탄으로 차곡차곡 쌓인다.

"나는 지금 가장 높은 물마루에 도달한 파도 같은 기분일세."

『모비딕』, 672쪽(p.847).

그가 만들어 낸 높디 높은 물마루는 그동안의 항해 과정에서 그의 모든 생명력을 쏟아부어 세워 올린 것이다. 마침내 꿈속에서도 찾아 헤매던 모비딕을 만났을 때 창을 꽂지 않겠다는 그 최후의 고함을 이해할 수 있겠는가?

소멸을 향해 달려 가는 에이해브의 신체성은 완전한 합일을 추구하며, 이 동력은 합일 직전의 쾌감이다. 고래를 정복하고 소유하기를 원한다. 기독교의 종말론은 신의 섭리가 현실세계와 완전히 합일된 세계이고 그래서 종말이 곧 구원으로 연결된다. 지난 2019년 12월 21일이 미국 복음주의자들이 지구 멸망을 주장했던 날인 것을 아는가? 기사에 따르면, 28일로 미뤄졌다. 한데 2020년을 절반도 더 넘긴 지금도 지구 멸망의 기미는 느껴지지 않고 우리의 일상은 계속되고 있다.

종말은 늘 캘린더에 붉게 적힌 예약된 일정처럼 기독교인들의 마음속에 자리 잡고 있다. 노스트라다무스의 예언이니, 마야인들의 예언이니 하는 종말의 암시는 이렇게 늘 유효하다. 종말이란 예고하는 티저는 범람하는데, 본편은 나올 생각도 않는 영화 같다. 왜일까? 종말이라는 마지막을 설정하고 그 위로 달려가는 직선적 시간관을 설정한 신체에서는 결말의 직전이 주는 쾌감이 있기 때문이다. 결국 기독교 신도들과 에이해브의 차이는 절대자에 대한 믿음의 유무일 뿐, 그 신체적 리듬의 움직임과 감정의 패턴은 동일하다. 허먼 멜빌은 좀비나 소행성 같은 설정 없이도 바다 위의 포경선 한 척에 미국인들의 종말주의적 신체를 완벽히 구현해 냈다. 미국의 상징인 슈퍼맨이나 어벤져스 같은 히어로들은 종말론을 내재화한 신체만이 상상할 수 있는 캐릭터들이다. 에이해브는 어쩌면 슈퍼맨을 빌런(villain)화시킨 미국의 원조 히어로일지도 모르겠다. 미국적인, 너무나 미국적인! 따라서 에이해브의 도주선은 합일과 소유라는 좌표에 포획되어 에로스의 선분에서 타나토스의 점으로 주저앉는다. 가장 극적인 종말에 대한 감지가 삶을 극한으로 추동시키는 이 아이러니, 가장 크게 아니오를 외치는 도주선이 오히려 그 이전과 같아져 버리는 역설!

> 종교적 바탕에 근거한 도덕적 열정(passion)은 '숭고한 광기'(sublime madness)다. 이런 광기를 갖지 않고서는 어느 누구도 사악한 권력 또는 정신적 사악에 대항해 싸울 수 없다. 라인홀드 니버, 『도덕적 인간과 비도덕적 사회』, 이한우 옮김, 문예출판사, 2017, 386쪽.

이쯤 되면 종말론이 불러일으키는 남근적 열정에 아주 진저리가 쳐진다. 삶이 없는 진보, 죽음을 향한 희망. 이 말이 도대체가 성립 가능한 것이란 말인가? 삶을 몽땅 베팅한 이 위대하고 화려한 여정, 그 이후가 과연 무엇일지 진지하게 살펴봐야 한다.

광기와 폭력의 에너지를 최대치로 끌어올린 아슬아슬한 상태의 신체는 사실 무력할 뿐만 아니라 무감(無感)하다. 에이해브도 마찬가지다. 흰고래 외에는 눈에 뵈는 게 없다. 결국 내가 에이해브에게 끌렸던 이유 역시 한 겹 들춰 보니 가장 종교적인 배치의 연장선상 위에서 움직이고 있었기에, 그토록 추구했던 절대자에 대한 '아니오'의 선언은 전혀 새로운 철학이 아니었다는 것이 중간 결론이다. 아니, 어쩌면 에이해브에 대한 분석이 새로운 시작점으로 나를 데려다 준 것일지도 모른다. 그렇다면 다른 배치는 어떻게 가능할까? 소멸과 합일의 타나토스가 아니라 계속된 선분을 그릴 수 있는 힘은 어디서 나올까? 이제부터의 미션은 이러하다. 살려야 한다! 무엇을? 삶을, 지금 이 순간을, 에로스를!

‹덧달기› 허먼 멜빌과 미국의 노예제

1866년 미국 사우스캐롤라이나 찰스턴에서 노예 생활을 하는 부모에게서 태어난 흑인 아이들을 위해 세워진 '시온' 교실. 남북전쟁 이전에는 노예에게 읽는 법을 가르치는 것이 불법이었다. 19세기 미국의 일러스트레이터 앨프리드 워드(Alfred Rudolph Waud)의 스케치.

허먼 멜빌은 1819년 태어나 1891년에 사망했다. 딱 19세기의 미국을 경험한 것이다. 실제로 그의 작품을 보면 그 시대 미국의 가장 큰 화두인 노예 문제, 흑백 인종 갈등, 미국 정치에서 민주주의의 방향성 등이 결코 빠지지 않는다. 1860년 남북전쟁이 발발하기 전에 이미 노예제 폐지를 둘러싼 연방의 갈등이 고조되고 있었고, 언제 전쟁이 터져도 이상하지 않을 정도로 전운이 감도는 상황이었다. 『모비딕』에서도 이런 인종 간 갈등과 편견에 대한 서술이 직간접적으로 나온다.

그의 작품을 살펴보면 『톰 아저씨의 오두막』 같은 작품처럼 노예제의 비인간성을 고발하거나 흑백 갈등을 폭로하는 식의 직접적인 묘사는 없다. 그러나 정말 독특한 점이, 당시 흑인과 백인의 배치를 완전히 뒤바꿔서 전개하는 줄거리가 눈에 띈다는 점이다. 예를 들어, 『모비딕』에서는 포경 보트에 올라탔다가 튕겨져 나가 망망대해에서 실종될 뻔한 뒤로 정신을 놓아 버린 흑인 소년 '핍'이 나온다. 그는 끊임없이 피쿼드 호의 불길한 결말을 예언하거나, 알 수 없는 말을 횡설수설해 대는데, 마치 셰익스피어의 비극 『리어 왕』의 광대를 옮겨 놓은 듯한 캐릭터다. 어리고 값싼 데다 겁이 많은 노예 소년이지만, 한번 미쳐 버린 뒤에는 보이지 않는 것을 보고, 선원들에게 예언을 하는 등 마치 '천사' 혹은 '신의 사자'와 같은 역할로 승화된다. 검은 피부의 사람을 인간 취급조차 하지 않았던 당시 백인들의 전제를 생각해 봤을 때, 파격적인 배역이 아닐 수 없다. 허먼 멜빌의 어린 흑인 천사!

남북이 노예제 폐지를 두고 첨예하게 갈등을 거듭한 만큼, 미국의 연방법원들도 노예제냐, 인간의 자유냐를 두고 판결이 엇갈린다. 많은 흑인 노예들이 자유를 찾아 남부에서 북부로 도망쳐 왔는데, 누군가의 소유물인 노예가 노예제가 이미 폐지된 주에 머무르며 자유 시민으로서의 권리를 달라는 소송을 제기하는 경우가 많았던 것이다. 흑인의 자유는 위헌이라는 드레드 스콧 판결(Dred Scott Decision)이 바로 이때 나왔다. 이 판결로 인해 남북간 여론이 악화되고 마침내 남북전쟁이 발발한다. 허먼 멜빌의 장인인 르무엘 쇼(Lemuel Shaw) 역시 메리 슬레이터(Mary Aves Slater) 사건*을 말았던 판사였다. 드레드 스콧 판결만큼 유명하지는 않지만, 흑인 노예들이 제기하는 소송 하나하나가 미국의 뜨거운 감자였기 때문에, 이 사건 역시 르무엘 쇼가 어떤 판결을 내릴지 여론의 눈과 귀가 쏠렸다. 진보적 성향의 르무엘은 진보 여론의 손을 들어준다. 르무엘은 허먼 멜빌의 아버지와도 오랜 친구였고, 사위의 후원자이기도 했던 만큼, 흑인 노예에 대한 허먼 멜빌 집안의 생각이 어땠는지 쉽게 유추해 볼 수 있다.

이외에도 매플 목사의 설교에서 휘그당 상원의원 윌리엄 H. 수어드(William H. Seward)의 연설을 그대로 인용한 것("최고의 기쁨은 어떤 법률이나 주인도 인정하지 않고 오직 신을 주님으로 받들며 천국에만 충성을 바치는 애국자에게 있습니다."『모비딕』, 86쪽(p.89).)이나, 다인종의 선원들로 구성된 피쿼드 호가 사실 미국이 부려먹는 백인 외 노동력을 의미하는 것("이 점에서는 미국 육군과 해군과 상선단, 그리고 미국 운하와 철도 건설에 고용된 엔지니어 집단의 경우도 포경업계와 마찬가지다. 그 모든 경우에 미국인은 기꺼이 두뇌를 제공하고, 세계의 나머지 지역에서는 인심 좋게 근육을 공급하기 때문이다."『모비딕』, 167

* 1836년, 노예제가 유지되었던 루이지애나주 뉴올리언스에 살던 메리 슬레이터라는 여성이 노예제를 금지한 자유주인 매사추세츠주 보스턴의 친정집을 방문하며 여섯 살배기 흑인 노예를 데려간다. 보스턴여성노예제반대협회에서는 바로 메리에게 자유주에서는 노예를 소유할 권리가 없다며 소송을 걸었다.

쪽(pp.194~195).), 뿐만 아니라 이 피쿼드 호 자체도 하나의 거대한 연방 미국을 상징함을 넌지시 알려 주는 것("그들은 인류 공통의 대륙 따위는 인정하지 않고, 각자 자신만의 대륙에 따로 떨어져 사는 외톨이였다. 하지만 지금은 하나의 용골을 중심으로 연합한 이 외톨이들이 얼마나 대단한 무리를 이루었는가!"『모비딕』, 167쪽) 등등 허먼 멜빌이 여기저기 뿌려 둔 미국의 면면에 대한 암시는 수도 없다. 『모비딕』 외에도 산업화된 미국의 건조한 도시 풍경을 들여다보고 싶다면 『필경사 바틀비』를, 흑백 문제를 완전히 뒤집어서 기괴하게 풍자하는 단편으로 「베니토 세레노」를 추천한다. 특히 「베니토 세레노」는 읽는 이로 하여금 절로 초조함이 들게 하는 오싹한 스릴러 단편소설로, 허먼 멜빌의 수작 중 하나다.

4장

이슈메일, 바다의 방랑자

4장

이슈메일, 바다의 방랑자

1) 거대한 질주 속 미시적 생명선

하지만 뒤섞이고 뒤엉킨 삶의 실오라기는 날줄과 씨줄로 엮이고, 평온한 날씨는 반드시 폭풍과 교차한다. 우리의 삶에도 온 길로 되돌아가지 않는 한결같은 전진은 존재하지 않는다.『모비딕』, 585쪽(p.738).

평평하기만 하고 기울지 않는 것은 없으며 가기만 하고 돌아오지 않는 것은 없다. (……)
「상전」에서 말했다. "가기만 하고 돌아오지 않는 것은 없다" 함은 하늘과 땅이 사귀는 것이다.『낭송 주역』, 고은주 풀어 읽음, 북드라망, 2019, 94쪽.

『모비딕』에서는 반복에 대해서 자주 이야기한다. 끝없이 나아가기만 하는 것은 없고, 나아가면 반드시 되돌아감이 있다는 이 대사는 놀랍게도 에이해브의 입에서 나온 말이다. 바다를 바라보며 독백하는 장면인데, 물이 명상의 원천이라 그런 것일까? 그는 운명의 본질적 원리를 간파했음이 틀림없다.

그의 대사와 거의 똑같다시피한 문장이 『주역』의 열한번째 괘, 지천 태(地天泰)괘의 효사에서도 나온다. "无平不陂(무평불피), 无往不復(무왕불복)." 공자께서도 '无往不復'(무왕불복) 딱 네 자만 「상전」(象傳)에서 설명을 덧붙이신다. "'가기만 하고 돌아오지 않는 것은 없다' 함은 하늘과 땅이 사귀는 것이다." 날씨가 잔잔했다가도 벼락과 돌풍이 부는 변덕을 부리는 것은 먼 망망대해에서는 자주 있는 일일 터, 다만 삶에서 되돌아가는 전진이라는 말은 무슨 뜻일까?

에이해브는 그야말로 진(進)의 상징, 나아가는 사람이다. 끝없이 나아가며, 그의 시선은 항상 수직적이다. 수직 – 파괴 – 고독 – 도전으로 이어지는 그의 언표는 강건한 기운으로 불뚝거리는 양(陽)의 힘, 그 자체다. 다만 전진, 즉 나아감이란 항상 되돌아감을 전제하고 있다는 독백은, 그 원천이 무엇인지를 생각해 보게 한다. 끊임없이 나아가고 정복하는 기운으로만 살 수는 없다. 무평불피(无平不陂)와 무왕불복(无往不復)의 흐름을 생각해 보면, 양(陽)의 원천이 사실 음(陰)이라는 것이고, 이 두 가지가 서로 기대어 작용하는 대대(待對)의 관계성 속에서 만물의 움직임을 관찰하는 『주역』의 핵심 원리를 들여다볼 수 있다. 누구보다도 야생적인 눈을 가졌던 허먼 멜빌이 출구 하나 없이 발산만 하다가 죽음으로 고꾸라지는 꽉꽉 닫힌 해석의 책을 썼을 리는 없다. 미세하게라도 튀어나온 돼지꼬리처럼 미시적 선분, 조용하지만 결정적인 음(陰) 기운 하나쯤은 만들어 놓지 않았을까?

『모비딕』을 읽을 때의 시선은 사실 에이해브에게 집중된다. 그만큼 강렬하다. 그렇지만 바다를 바라보며 영원할 것 같은 자신의 전진 역시 언젠가는 '되돌아감'을 전제로 하고 있다고 고백하는 에이해브의 모습에서 작가인 허먼 멜빌이 에이해브와는 다른 성질의 조그만 샛길을 하나 틔워 놓았음을 직감할 수 있다. "너무 명백해도 보이지 않는 법이다"『모비딕』, 613쪽라고 허먼 멜빌은 관점의 주관성을 단 한마디로 평가하는데, 아마 이 상황에 가장 잘 들어맞을 것이다, 너무 명백하게 보이는 캐릭터라 오히려 보이지 않았던 새로운 주인공, 바로 이슈메일이다.

2) 아웃사이더의 외침 — "Call me Ismael"

"내 이름을 이슈메일이라고 해두자."(Call me Ismael.) 『모비딕』, 31쪽(p.21).

그의 이름은 정말 이슈메일인가? 아무도 모른다. 어쨌든 『모비딕』은 이슈메일이 성경에 나오는 아브라함의 서자의 이름을 따서, 방랑하는 삶을 스스로의 정체성으로 규정하며 시작된다. 성경의 이슈메일은 이미 뱃속에서부터 저주받은 운명을 타고난 사람이다. 잔혹한 전쟁과 살벌한 투쟁만이 그가 태어난 이유인 것일까? 창조주는 장담한다. 이 야생의 들나귀 같은 자는 모두가 등을 돌리고, 심지어 같은 핏줄과도 싸우고 다툴 것이라고.

네 아들(이스마엘=이슈메일)은 들나귀 같은 사람이라, 닥치는 대로 치고 받아 모든 골육의 형제와 등지고 살리라. 「창세기」 16장 12절

한마디로 성경의 다른 훌륭한 이름들을 제외하고 굳이 선택할 만한 이름이 결코 아니라는 것이다. 들나귀처럼 사막을 방랑하던 이슈메일은 '믿음의 조상' 아브라함의 적통이 아니라 히

브리 민족의 메인스트림을 벗어나도 한참 벗어난 비주류 아웃사이더다. 이 이름 하나만으로 충분히 추측 가능하다. 이슈메일의 선분은 너무나 독특하다는 것을.

그의 항해로는 절대자에게 극렬히 반항하는 모습의 에이해브와는 분명 다르다. 그게 뭘까? 타나토스의 검은 점으로 멈추는 것이 아니라 선분이 가진 운동성으로 끝없이 뻗어 나가는 것, 이것이 바로 이슈메일에게 숨겨진 비법이라면 비법일 것이다. 에이해브는 고래를 소유하고 정복한다는 검은 점으로 멈춰 버렸다. 합일 직전의 지독한 쾌감, 차이를 완전히 제거한 완벽한 일체. 에이해브의 콘셉트가 '소멸의 타나토스'라면 이슈메일은 '깨달음의 로고스'다. 로고스란 자신의 현장에서 배움의 스펙트럼, 앎의 그물망에 끊임없이 접속하고 연결되는 것이고, 이는 타나토스와는 다른 양태의 에로스의 가능성이다.*

특히 이슈메일이 보는 고래는 에이해브와 완전히 다르다

* 이 책에서 말하는 '로고스'(logos)는 기존의 철학적·신학적 의미로 쓰이는 것과는 다른 용법을 지니고 있다. 삶을 움직이는 근원적 힘인 에로스의 긍정적인 변화 양식으로서의 로고스다. 다음 인용을 참조하라. "누구나 알고 있듯이, 생의 원동력은 에로스다. (……) 이를테면 접속과 생성을 향한 생의 의지다. (……) 그 방향과 힘에 리듬을 부여하는 또 다른 힘이 함께 작동한다. 앎의 욕망, 로고스가 그것이다."(고미숙, 『읽고 쓴다는 것, 그 거룩함과 통쾌함에 대하여』, 북드라망, 2019, 93~94쪽.)

는 점에서 이 두 캐릭터의 차이가 선명히 드러난다. 그는 포경 업계에서 고래의 소유권이 누구인가를 두고 벌어지는 갈등을 소개하면서 '잡힌 고래와 놓친 고래'라는 용어를 통해 세상을 설명한다. 잡힌 고래는 "fast-fish"다. '패스트'(fast)는 안전벨트를 꽉 조이듯 단단히 고정되어 있다는 뜻이고, 소유자가 확정된 것이 잡힌 고래다. 내 손 안에 완전히 쥐고 온전히 내 것이 되었다는 의미다. 당연한 말이겠지만, 고래가 그렇게 잡혀 버리면 생명을 잃고 박제된다. 놓친 고래는 "loose-fish"다. '루즈'(loose)는 패스트와는 뜻이 정반대다. 확정된 소유자가 없으며 계속 이 바다 저 바다를 유동하는 고래다.

이슈메일의 고래학은 상당히 흥미로운데, 대체 소설인지 고래학 논문인지 분간이 안 갈 정도로 박학다식한 지식들이 줄줄이 흘러나온다. 하지만 이 모든 분석과 지식의 펼쳐짐은 항상 고래에 대해 모든 것을 알기란 어렵다는 결론으로 맺어진다. 이토록 세세하고 정밀하게 관찰하고 공부한다 하여도 고래란 생물을 완전히 장악하고 알아낼 수는 없다는 뜻이다. 그리고 당신이 고래뿐만 아니라 세상을 탐구한다는 것은 결국 자신의 손을 벗어나 바다를 유유히 헤엄치는 놓친 고래를 보는 것일 뿐이라고. 이것이 고래를 바라보는 이슈메일의 시선이다.

내가 아무리 고래를 해부해 보아도 피상적인 것밖에는 알 수 없다. 나는 고래를 모른다. 앞으로도 영원히 모를 것이다. 고래의 꼬리조차 모르는데 어떻게 머리를 알 수 있겠는가?『모비딕』, 460쪽(p.578).

그토록 많이 연구하고 공부했는데도 결론은 고작 '알 수 없다', '모른다'라니, 허무한가? 그렇지 않다. 이슈메일이 유독 '고래'라는 거대하고 신비로운 동물에 끌리는 이유는 고래가 품고 있는 그 거대함과 미지성만큼이나, 그 고래를 통해 광활하고 끝없는 우주와 계속해서 연결되기 때문이다. 세계를 여는 철학은 정복과 합일에 있지 않다. 굳이 희고 영특한 고래를 찾아 기꺼이 죽으러 나갈 필요가 없는 것이다. 우주와 접속하는 방법을 알기만 하면, 그 웅대함을 마음껏 유영할 수 있게 된다.

본연의 운동성을 잃지 않은 바다의 고래처럼 로고스적 탈주선을 끊임없이 그려 나가는 것, 이것이 우주적 접속의 방법이다. 이슈메일의 눈에는 온 사방천지가 우주로 통하는 로그인 창으로 느껴졌던 것이 분명하다. 양수기, 밧줄, 거적 등 포경선 위의 모든 사물들에 대한 관찰뿐만 아니라 잡다한 사건과 인연들까지도 생명력을 가진 고래처럼 팔딱팔딱 쏘다니며 접속한다. 그 연결성을 찬찬히 관찰하고 삶과 인간에 대한 여러 잡다한

'썰'(!)을 풀어놓는 그의 언변은 참으로 기가 막히다.

예를 들면, 거적을 짜면서 우연과 필연, 자유의지가 동시에 만들어 내는 삶의 무한한 가능성과 유한함이 어떻게 공존할 수 있는지, 원숭이 밧줄로 동료와 이어진 자신의 모습에서 인연이란 얼마나 깊게 관계하고 얽혀 있는가를 성찰하며, 인간 역시 포경선 위의 양수기처럼 운명의 여신에 의해 뱅글뱅글 돌려지고 있지 않냐고 반문하는 식이다. 죽은 고래의 평평하고 매끈한 이마, 용연향, 뼈, 색깔까지도 그에게는 끊임없는 철학적 탐구의 과제가 된다. 그래서 이슈메일은 이 태산준령과도 같이 우뚝 선 고래 앞에 덜렁 선 한낱 인간에 불과하지만, 오히려 아주 신나는 듯 간절한 기도를 신께 올린다.

> "쾰른 대성당이 (……) 미완성인 상태로 남아 있듯이, 나의 고래학 체계도 미완성인 채로 남겨둘 작정이다. (……) 신이여, 내가 아무것도 완성하지 않도록 보살펴 주소서!"『모비딕』, 194쪽(p.230).

미완의 고래, 미완의 지식, 미완의 진리탐구. 이슈메일에게는 완전함을 향한 갈망이 없다. 그저 접속할 수 있도록 언제든 눈과 귀를 열어두기만 하면 된다. 포경선 위의 모든 인연, 사물,

사건들이 바로 접속창일 테니까. 이슈메일이 놓친 고래는 팔딱팔딱 쏘다니며 포경선 위의 모든 인연, 사물, 사건들과 자유롭게 연결된다. 미완의 선분은 그래서 이슈메일에게는 계속적인 운동성으로 꿈틀거리며 결코 특정한 검은 점에 멈추지 않는다.

3) 의심하라, 그리고 직관하라

> 지상의 온갖 것에 대한 의심, 천상의 무언가에 대한 직관, 이 두 가지를 겸비한 사람은 신자도 불신자도 되지 않고, 양쪽을 공평한 눈으로 바라보는 사람이 된다.『모비딕』, 455쪽(p.571).

양쪽을 공평한 눈으로 바라보는 사람(a man who regards them both with equal eye)이라, 도대체 어떤 사람이 그런 공평함을 가질 수 있단 말인가? 이슈메일은 두 가지의 조건을 제시한다. 첫째, 지상의 온갖 것에 대한 의심(Doubts of all things earthly). 둘째, 천상의 무언가에 대한 직관(intuitions of some things heavenly). 이 두 가지를 겸비한 사람은 신자도 불신자도 되지 않고, 양쪽을 공평한 눈으로 바라보는 사람이 된다.

첫번째 대목은 의심하고 의심한 끝에, 마침내 인간 주체를 확립하고 근대 철학의 문을 열어젖힌 데카르트를 연상시킨다. 사람들은 "나는 생각한다, 고로 존재한다"라는 철학 역사상 가장 유명한 명제로 데카르트를 떠올리지만, 사실 그는 뛰어난 물리학자이자 수학자이기도 했다. 아리스토텔레스의 자연관을 완전히 뒤엎고 싶었던 그는 기계적 자연관을 확립한다. 왜곡된 감각이나 주관적인 성질의 개입을 완전히 차단하고, 자연을 수학과 질량으로만 표현하는 방식이다. 따라서 비물질적 정신은 물질과 완전히 분리되어 세계 바깥에 초월적으로 존재한다(데카르트의 이원론).

> 모든 것을 움켜잡았던 손을 슬쩍 놓아 보라. 그러면 그대의 정체성이 무서운 형상으로 돌아올 것이다. 그대는 데카르트적 소용돌이 위를 맴돌고 있다.『모비딕』, 211쪽(p.251).

이슈메일은 고래에 대한 공부와 함께 물리 공부도 열심히 병행한 것이 틀림없다. 데카르트의 물리이론을 철학적으로 풀어내고 있으니 말이다. 역시 자연을 제대로 알려면 자연과학만큼 좋은 공부가 없다. 이슈메일이 말하는 '지상의 온갖 것에 대한 의심'이란 바로 이런 식의 자연과학적 공부 방법을 뜻할 것이다. 가시적인 지상의 모든 것(earthly)을 의심하고, 또 의심하며 실험과 경험을 통해 자연의 법칙을 알아내려고 하는 것.

데카르트는 물리법칙을 '소용돌이'(vortex)에 빗대어 이렇게 설명한다. 세계가 보이지 않는 물질로 전부 꽉꽉 들어차 있고, 이 물질들은 서로 빈틈없이 부딪쳐 발생한 충돌에 의해 비틀거리며 소용돌이 같은 움직임을 만들어 낸다. 밀물과 썰물 현상과 달이 지구를 돌고 행성들이 이리저리 이동을 하는 자연 현상들을 데카르트는 이렇게 설명했다. 그의 인식 속에서 '진공'이라는 여백은 쓸데없는 것이었고 절대정신인 신의 주재하에 움직이는 세계 속에서 결코 있어서는 안 될 것이었다. 데카르트가 그려 놓은 소용돌이 이론의 그림을 보면, 한 치의 틈도 없이 빼곡하게 들어찬 물질의 세계를 볼 수 있다. 이후 뉴턴이 등장하기까지, 데카르트가 세계를 설명하는 방식이 주류 과학의 위치를 차지한다.

왜 이슈메일은 하필 '정체성'이 '무서운 형상'으로 돌아온다고 하는 것일까? 이 정체성(identity), 주체라고 하는 것이 바로 데카르트가 탄생시킨 가장 근대적인 개념이다. '모든 것을 움켜잡았던', 즉 지금 나를 둘러싸고 있는 관계와 조건들을 다 놓고 나면 성립되는 개체적 자아, 고정되고 동일한 연속성의 존재가 바로 나의 정체성이라는 것. 16세기의 소용돌이 이론은 17세기 최고의 천재, 뉴턴에 의해 완전히 폐기되어 역사의 뒤

안길로 사라졌다. 뉴턴은 물질로 꽉꽉 채워진 세계가 아니라 빈 공간과 서로를 끌어당기는 인력(引力)으로 물리법칙을 새롭게 정립한다. 뉴턴뿐만 아니라 현대 양자물리학 역시 데카르트의 물리법칙이 완전히 오류임을 밝히고 있다. 가장 작은 입자의 구조가 텅 비어 있다는 것은 대부분의 사람들이 익히 알고 있다.

데카르트의 설명대로, 물질로만 꽉꽉 찬 세계에 살고 있다면, 사실 '천상의 무언가에 대한 직관' 따위는 필요 없을 것이다. 물화할 수 있는 물질들을 토대로 계속 의심하고 분석하고 논증하면서 세계를 과학적으로 해부하면 된다. 그러나 공(空)의 세계 속에서 인력과 중력 등 여러 가지 힘의 작용 아래 살아가고 있기에, 우리는 자연을 알기 위해 두번째 전제 또한 필요한 것이다. "천상의 무언가에 대한 직관" 말이다.

> 내 마음속에 숨어 있는 희미한 의심의 짙은 안개를 뚫고 신성한 직관이 이따금 분출하여, 내 마음속의 그 짙은 안개를 천상의 찬란한 빛으로 태워 버릴 때가 있다. 모든 사람이 의심(doubts)을 품고 많은 사람이 부정(deny)하지만, 의심하거나 부정하는 사람들 가운데 직관(intuition)을 더불어 가진 사람은 극히 드물기 때문이다.『모비딕』, 455쪽(pp.570~571).

직관(直觀, intuition)이란 라틴어 어원 intuere(보다, 응시하다)에서 유래되었다. 주관적 경험이나 판단, 선지식 없이도 보았을 때 바로 알아채는 것을 뜻한다. 더 구체적으로 말하면, 진공 상태, 텅 빈 상태에서 상호 작용하는 물질 간의 힘들을 인식할 수 있는 능력이라고 정의할 수 있을 것이다. 이슈메일이 풀어놓는 자연에 대한 관찰, 고래에 대한 애정 어린 서술은 그 묘사가 참으로 아름답고 섬세하다는 생각이 절로 들게끔 만든다. 그리고 이 뛰어난 문장력은 아마 의심과 직관, 즉 자연과학적 탐구와 함께 단련된 통찰력이 적절히 조화를 이룬 결과이리라. 에이해브는 이런 점에서 직관보다는 의심과 부정의 의미가 더 강조된 캐릭터라고 할 수 있다. 그의 키워드는 합일이다. 결핍된 부분을 온전하게 맞추어 이루는 완벽한 일체의 쾌감을 추구한다. 이슈메일의 키워드는 여백과 미완성이다. 그 속에서 자신의 직관력으로 힘들의 작용을 목격하는 자라고 할 수 있다.

> 즉 나의 자유의지는 치명상을 입었고, 상대의 실수나 불운이 무고한 나를 부당한 재난과 죽음으로 몰아넣을 수도 있다는 것을 감지했다. 그래서 나는 신의 섭리에 일종의 공백이 생겼다고 생각했다. 그처럼 공명정대한 신의 섭리가 이렇게 엄청난 부당함을 인정했을 리가 없기 때문이다. 하지만 (……) 곰

곰 생각해 본 결과, 나의 이 상황이 살아 숨쉬는 모든 인간의 처지와 똑같다는 것을 깨달았다. 다만 대부분의 인간은 어떤 식으로든 한 사람이 아니라 여러 사람과 샴쌍둥이처럼 결합되어 있을 뿐이다. 당신의 돈을 관리해 주는 은행이 파산하면 당신은 권총으로 자살한다. 당신의 약제사가 실수로 당신 알약에 독약을 넣으면 당신은 죽는다.『모비딕』, 396쪽(p.490).

따라서 이슈메일의 항로는 고독과 비극, 엄숙함과는 거리가 멀다. 식인종과 우정을 나누고, 포경선에서 궂은일들을 해내며 자신뿐만 아니라 모든 인간에게 적용되는 보편적 관계법칙을 깨닫는 것이다. 위의 장면은 내가 정말 좋아하는 이슈메일의 독백 중 하나인데, 자유의지가 치명상을 입었다는 부분이나, 신의 섭리가 이렇게 부당할 리가 없다며 비꼬는 대목은 결코 잊을 수가 없다. 종교인이든 아니든, 신에 대해 한 번쯤 생각해 본 이들이라면 누구나 거쳐 가는 질문이 들어가 있기 때문이다. "정말 신이 살아 계시다면, 왜 세상이 이럴까?" 하는, 어떤 훌륭한 목사님도 결코 속 시원히 대답해 줄 수 없는 가장 근원적인 세상의 모순 말이다. 이슈메일의 의심은 이렇게 신의 공백을 생각하게 하고, 그의 직관력은 모든 인류가 예외 없이 서로가 서로에게 영향을 주고받는 거대한 인연장을 볼 수 있게 한다.

이와 다르게 에이해브는 주변으로 인해 항상 번뇌하고, 이를 극복하는 방법으로 항상 파괴와 정복을 다짐한다. 인간을 뛰어넘길 원하는 에이해브는 인드라망의 복잡한 그물망, 즉 서로에게 기대고 빚을 지는 필연적 의존성이 한탄스러울 뿐이다.

> "인간이 서로 은혜를 입고 입히는 대차관계는 영원히 장부가 사라지지 않아서 저주스러워. 나는 공기처럼 자유롭고 싶은데, 온 세상의 장부에 내 이름이 기록되어 있어."『모비딕』, 564쪽(p.712).

이는 에이해브의 영웅성, 즉 종말주의에서 나타나는 영지주의(靈智主義: 선택받은 자에게만 주어지는 영성)를 담고 있다. 종말의 타이밍에 우뚝 선 슈퍼맨이라면 주변 따위는 상관없이 완전한 개체로 존재해야 한다. 인연? 그런 것이야말로 번거롭고 번잡할 뿐! 하지만 이슈메일은 키득거리며 말한다. "따라서 모든 사람이 돌아가면서 때리고 맞는다는 것, 그리고 모든 사람이 서로 어깨뼈를 문질러 주면서 만족해야 한다는 것을 나는 알고 있다."『모비딕』, 35쪽(p.26). 전 세계 사람들이 마주보고 서서 한 명씩 돌아가며 서로 사이좋게 주먹을 날리고 언제 그랬냐는 듯 머쓱해하며 토닥이는 장면을 생각해 보라. 코미디도 이런 코미디가 없다.

이슈메일은 세상에 노예가 아닌 이가 누가 있냐고 반문한다. 이 노예란 단순히 계급적 의미를 벗어나, 샴쌍둥이처럼 얽히고설켜 서로가 빚진 상태인 인간관계의 실상을 비유하는 것이다. 그래서 그는 선장에게 착취당하는 아주 보잘것없는 선원임에도 불구하고 상황을 즐길 수 있다. 최고참인 선장 역시 말단인 자신에게 의탁하고 있는 자임이 분명하므로.

에이해브와 이슈메일은 둘 다 통찰력을 지닌 캐릭터들이다. 그러나 전자는 이 때문에 괴롭다. 그가 추구하는 시선의 높이는 날카롭지만 그 예리함만큼 무겁고 비극성이 짙다. 반면 이슈메일이 확장시키는 시선의 넓이는 수평으로 확장되며 끊임없는 여백을 확보하고, 그 여백만큼 웃기고 쾌활하다. 그의 서사는 종말론의 엄숙한 플롯을 동력으로 삼지 않는다. 모두가 바다 깊이 침몰한 배에서 유일한 생존자로 허먼 멜빌이 이슈메일을 선택한 이유가 아닐까?

4) 『모비딕』의 유쾌한 지정생존자

이슈메일이 피쿼드 호에 올라탄 이유는 간단하다. 육지에서 자꾸만 우울해지고 어떤 흥미도 느끼지 못한 채 무력한 자신을 발견했기 때문이다. 추적추적 내리는 가을비처럼 영혼이 스산해질 때, 입 언저리가 삶에 대한 냉소로 불쾌하게 씰룩거릴 때, 그는 조용히 배를 타러 바다로 간다고 고백한다. 바다는 그에게 잊고 있던 에로스를 흔들어 깨워 준다.

어디 바다뿐인가? 포경선에 우글거리는 밑바닥 인생들의 각양각색 에피소드들은 그를 매개로 통과하며 편집되고 변주된다. 장례 행렬을 만나면 그 끝에 붙어 따라가고, 관을 파는 가게 앞에서 늘 걸음을 멈추던 이 우울 모드의 회색 선원은 바다 위에서 누구보다 활력 있는 에로스적 생명력으로 다시 채색된다. 따라서 이슈메일을 중심축에 두고 『모비딕』을 읽어 나가면, 이 책은 그의 성장 소설이자 항해 철학서로 새롭게 변모한다.

> 따라서 나도 그 철학을 가지고 '피쿼드' 호의 항해 전체와 그 목표인 거대한 흰고래를 지켜보았다.『모비딕』, 292쪽(p.352).

> 여러분이 철학자라면, 포경 보트에 앉아 있어도 (……) 난롯가에 (편안하게) 앉아 있을 때보다 조금이라도 더 많은 공포를 느끼지 않을 것이다.『모비딕』, 354쪽(p.433).

그렇다면 그의 항로는 에이해브와 반대되는, 그저 태평하고 유유자적하기만 한 항로인가? 그렇지 않다. 로고스적 캐릭터답게, 유독 철학을 강조하는데, 온갖 사물, 인연들과 섞이고 엉키는 그의 로고스는 그냥 철학도 아니고 "악당 철학"(desperado philosophy)을 낳는다. 데스페라도(desperado)는 악당·무법자를 뜻하기도 하지만, 전쟁터에서 목숨을 내걸고 싸우는 병사를 뜻하는 불어이기도 하다. 단언컨대, 이슈메일이 발휘하는 로고스적 힘은 에이해브의 타나토스적 힘만큼, 아니 그 이상으로 강력하다. 지나치기 쉬운 일상의 물건들에 대한 관찰과 포경선에서 고래를 추격하며 벌어지는 세세한 사건들에 대한 통찰은 치열한 로고스적 기반 없이는 절대 불가능하기 때문이다.

이슈메일의 선분으로부터 종말론을 극복할 단서를 충분히 발견할 수 있지 않을까? 자연을 알게 된다는 것은 끝없이 변화하고 움직이는 역(易)의 법칙을 체험한다는 뜻이다. 이 법칙의 일부로서 예외 없이 적용되는 자신을 발견할 때, 운명을 바라보는 새로운 해석의 길이 열리는 것이다.

"오, 자연이여! 오, 인간의 영혼이여! 형언할 수 없을 만큼 그대 둘은 닮았구나! 물질 속에서 가장 작은 원자가 움직이거나 살아 있으면, 마음속에서도 그것을 교묘하게 복제한 것처럼 똑같은 것이 거기에 대응하여 움직이지."『모비딕』, 387~388쪽 (p.478).

마치 양자역학의 법칙을 문학적으로 서술해 놓은 듯하다. 무엇보다도 허먼 멜빌은 자연과의 연결고리로서만 설명될 수 있는 존재적 특성을 정확히 알고 있었던 것이 틀림없다. 인간 역시 자연의 일부이며, 자연은 단순히 인간의 배경이나 외부적 객체로서만 존재하는 것이 아님을, 그는 일찌감치 파악했던 것이다.

자연에 대한 관찰과 앎은 결코 인간과 동떨어져 있지 않다. 그 앎이 확장될수록, 역으로 우리는 스스로를 더 잘 이해하게 된다. 더 잘 이해하게 된다는 말인즉슨, 스스로를 설명하고 눈앞에서 벌어지는 온갖 사건과 인연을 해석할 수 있는 문을 수 없이 만들고 열어젖힐 수 있다는 뜻이다. 각양각색의 언어를 확보하는 순간, 고정된 가치 체계에 따라 부여된 비극적 엄숙함은 그 무게감을 상실하고 유머와 농담으로 가벼워질 수 있는 여력이 생긴다.

자신이 탔던 포경 보트가 본선과 고립되어 죽다 살아난 순간에 그가 웃으며 농을 치는 장면에서 이슈메일의 단단한 내공을 엿볼 수 있다. 죽음이 바로 코앞까지 왔다갔다는 충격과 혼

란에 빠지는 게 아니라, 오히려 동료에게 유머를 발휘하며 자기 유언장의 증인이 되어 달라고 하는 것이다. 로고스는 그로 하여금 어떤 상황에서든 유쾌해질 수 있는 여백을 남겨 두게 한다. 그는 부활 뒤의 공기를 마음껏 들이마시며 만끽한다. '살아남음'의 경험, 이것은 삶을 잔혹한 서바이벌의 정글 세계로 전락시키는 것이 아니라, 그 이후의 모든 사건들과 인연들이 얼마나 더 짜릿하고 생동하는 즐거움으로 다가올 것인지 체득한 이슈메일의 유쾌한 로고스다. 그래서 그는 외칠 수 있는 것이다. 누구든 올 테면 와 보라고. 자신은 이미 준비가 되었으니.

> 게다가 앞으로 내가 살 나날은 나사로가 부활한 뒤 살았던 나날만큼이나 즐거울 것이다. 나는 이제 살아남은 셈이다. 나의 죽음과 매장은 내 가슴속에 깊이 간직되었다. (……)
> 자, 이제 (……) 누구든 올 테면 와 봐라.『모비딕』, 293~294쪽(p.354).

이는 결코 쉽게 도달할 수 있는 경지가 아니다. 이슈메일의 의심과 직관력은 "길흉화복을 초월하여 그가 믿는 신처럼 어느 쪽에도 치우치지 않는 떳떳한 기분"『모비딕』, 502쪽(p.631).을 느끼게 한다. 결국 이슈메일은 에이해브와는 다른 항로를, 즉 '신을 닮은 인간'의 다른 방향성을 창조해 냈다. 여기서 신이란 스피노자가 말하는 신에 가깝다. 스피노자의 신이란 기독교에서 말하는 인격신이 아니라, 자연법칙으로서 만물에 내재된 신이다. 이 내재화된 자연법칙을 인간의 지성으로 직시하고 더 나은 삶의 방식을 주조해 냄으로써, 인생의 지복을 온전히 누리는 인간이야말로 자신 안에 잠재된 신을 온전히 구현하는 자이고, 그래서 신과 같은 인간이다. 에이해브는 끊임없이 어딘가로 혹은 누군가에게 달려가고 돌진하는 방향성이지만, 이슈메일은 모든 것이 그에게로 와 자신을 통과하는 방향성이다. 그 자신이 앎의 매개체가 되어 새롭게 만들어 가는 로고스적 도주선은 다른 목적지나 조건을 설정하지 않고서도 지금 이곳의 현장을 철학의 현장으로 탈바꿈시키는 능력을 발휘한다. 이것이 이슈메일이 보여 주는 에로스의 다른 가능성이다.

‹덧달기› 이슈메일과 퀴퀘그의 우정

여러모로 완벽해 보이는 『모비딕』이지만 유일하게 아쉬운 점 하나를 꼽으라면, 바로 이슈메일과 퀴퀘그의 우정이 초반부의 강렬함을 유지하지 못하고 갑자기 증발해 버린다는 점이다. 식인종에 대한 편견으로 가득했던 이슈메일이 퀴퀘그와 친구가 되어 마음을 나누는 장면은 앞으로 전개될 흥미진진한 우정의 모험담을 예측하게 한다. 그러나 퀴퀘그는 피쿼드 호의 출항 이후 거의 존재감 없이 사라진다. 몇 번 등장하기는 하지만 이슈메일의 친구라기보다는 많고 많은 엑스트라 중 한 명으로 큰 비중 없이 스쳐 지나간다. 평론가들도 이 점을 지적하고 있는데, 작가의 단순한 실수인 것인지, 의도적으로 배제한 것인지는 알 수가 없다. 그렇지만 이슈메일과 퀴퀘그의 관계성은 짧게나마 깊은 여운을 남긴다.

이슈메일은 신의 저주를 받은 비운의 방랑자다. 맨 처음 그의 독백으로 소설이 시작될 때만 해도, 그의 우울증에는 허무함과 무력함뿐만 아니라 세상에 대한 혐오도 잠재되어 있었다. 그런데 퀴퀘그와의 만남이 문득 그에게 온기와 안정감을 불어넣어 준다. "상처받은 심장과 미칠 듯이 성난 손은 이제 더 이상 늑대처럼 탐욕스럽고 잔인한 세상을 혐오하지 않았다. 이 선량한 야만인이 이 세상을 되찾아 주었다."『모비딕』, 89쪽(pp.93~94). 이슈메일이 처음부터 유쾌하고 활발한 방랑자였던 것은 아니다. 퀴퀘그라는 야만인이 설파하는 비언어적 설교가 그를 감화시킨 것이다. 이슈메일의 딱딱한 마음이 누그러지는 장면은 서로를 진지하게 신뢰하고 기대게 되는 우정의 시작을 완전히 녹여 내어 표현한 듯하다. "하지만 아무리 뻣뻣한 편견도, 사랑이 일단 솟아나 그 편견을 구부리기 시작하면, 얼마나 부드러워지는가."『모비딕』, 93쪽(p.98).

이런 우정을 경험한 이슈메일은 숭배에 대해서 말한다. "그대를 올바르게 숭배하는 방법은 도전"이라고 소리를 질러대는 에이해브와는 다르게, 이슈메일은 숭배를 이렇게 정의한다. 숭배란 무엇인가? 신의 뜻을 행하는 것—그것이 숭배다. 그러면 신의 뜻은 무엇인가? 이웃이 나에게 해주기를 바라는 것을 이웃에게 해주는 것—그것이 신의 뜻이다.『모비딕』, 91쪽(pp.94~95). 이제 그에게 있어서 숭배는 이웃, 즉 우정과 관계라는 맥락 속에서 이루어지는 것이다. 친구가 내게 해줬으면 하는 좋은 일을 내가 먼저 해주는 것. 간단히 말해, 예수의 말씀대로 "네 이웃을 네 몸과 같이 사랑"하는 것. 그런 행동을 실천하며 사랑을 경험하는 자는 말랑말랑해진다. 신이 할퀴고 간 마음도, 풀 데 없는 분노도 누그러지는 것이다.

퀴퀘그는 소설의 거의 후반부에 가서야, 작업을 하다가 열병에 걸려 거의 죽기 직전에 이른 모습으로 독자에게 다시 그 모습을 드러낸다. 죽음에 대처하는 의연하고도 새로운 자세를 배우려면 야만인처럼 좋은 모델이 없다. 아마 허먼 멜빌이 다시 퀴퀘그를 무대로 등장시킨 이유일지도 모른다. 갑자기 아직 해야 할 일이 남았음을 깨달은 퀴퀘그는 기운을 차리고, 몸은 회복된다. "그래서 퀴퀘그는 그 몸 자체가 풀 수 없는 수수께끼였고, 한 권으로 된 놀라운 책이기도 했다."『모비딕』, 574쪽(p.725). 『모비딕』을 읽는 독자라면 누구나 퀴퀘그의 경이로운 매력에 빠질 것이다. 이슈메일이 그랬던 것처럼.

5장

고래잡이가 낳은 우주적 철학

5장
고래잡이가 낳은 우주적 철학

1) 운명을 맛있게 소화하는 방법

에이해브는 모비딕을 영원히 쫓겠다는 최후의 고함을 내지르다가 이리저리 날아다니는 작살 밧줄에 목이 감겨 바다로 수장된다. 그는 자신의 소원대로 작살을 몇 개씩 몸 속 깊이 박아 넣은 흰고래의 밧줄에 얽힌 채 지금도 먼 바다를 돌아다니고 있을지도 모른다.

그렇다면 살아남은 이슈메일은 그후 어떻게 되었을까? 미국의 영문학 대학원생이 이에 대해 쓴 아주 재밌는 에세이를 읽은 적이 있다. 그녀가 풀어놓은 상상력은 꽤 그럴듯했다. 구원받은 이슈메일은 에이해브 선장의 뒤를 따라 다시 복수를 향한 출정을 감행했을 거라고. 거기서 또 다른 이슈메일이 나오고, 또 에이해브가 되고… 오직 반복과 회귀로 점철되는 에필로그다. 정말 그럴까? 이슈메일은 제2의 에이해브가 되는 전철을 밟았을까?

나는 그렇게 생각하지 않는다. 같은 배를 탔지만 이 두 캐릭터의 항해로는 완전히 다르다. 모비딕이 온몸으로 들이받아 침몰하는 배에서 튕겨 나간 이슈메일을 구한 것은 바싹 마른 나무로 만든 부표였다. 이 부표는 원래 시체를 바다로 흘려 보낼 때 쓰는 관이다. 이를 붙잡고 배의 잔해 속을 둥둥 떠다니며 이틀간 표류하다가 다른 배에 의해 구조된 이슈메일의 모습을 마지막으로 『모비딕』은 끝을 맺는다. 죽음의 상징인 관이 최후의 한 목숨을 세상에 붙드는 생명줄로 전환되는 이 기묘한 연결.

삶 속에 죽음이, 죽음 속에 또 삶이 있다는 것은 단지 듣기 좋으라고 만든 경구가 아니다. 종말주의의 설정처럼, 모든 것이 완결되고 매듭지어지는 최종 같은 것은 없다. 오직 죽음만을 품을 것 같은 관대가 그를 바다에서 건져냈듯, 최후의 파괴와 종결처럼 보이는 징조들은 다시금 시작과 시원(始原), 최초의 탄생으로 탈바꿈한다. 이런 우주적 변환을 온몸으로 경험한 이가, 또 다른 종말을 꿈꾸며 모비딕과의 혈투적 오르가슴을 꿈꾸기는 어려우리라.

이슈메일은 홀로 살아남아 자신의 이야기를 털어놓는 화자가 되어 이 기묘하고 스펙터클한 고래잡이 항해의 면면을 독자들에게 담담하게 들려준다. 이제 막 돛을 달고 육지를 떠나려는 나의 에로스는 어떤 벡터를 가지고 어떤 후일담을 전할 수 있을 것인지? 삶을 알고자 하는 가장 본질적 시도의 끝은 허무함과 강렬한 죽음 충동뿐이더라는 감상은 적어도 지양하고 싶다. 돛을 올리고 바다로 나서야 하는 이유는 우주적 사이즈의 농담과 장난을 경험할 수 있는 로고스의 바다가 바로 거기에 있기 때문이다. 바다는 인간이 상상할 수 없는 범주에서 벌어지는 기가 막히고 다채로운 생생불식(生生不息)의 현장들을 그대로 보여 줄 테니까.

파괴와 죽음, 허무와 고통처럼 사람들의 인식 속에 붙박여 있는 단선적 의미들은 고래잡이 항해의 과정 속에서 완전히 해방되어 다층적인 선분으로 뻗어 나간다. 관이 구원의 도구로 탈바꿈한 것처럼 말이다. 그렇다면 그 무엇이 감히 생명을 무겁고 고독하게 만들 수 있겠는가? 고래를 뒤쫓는 아슬아슬한 포경보트 위에서도, 집 안에서 벽난로 옆에 평안히 앉아 있는 사람보다 더 큰 공포를 느끼지 않을 수 있는 이슈메일의 배짱이 가능한 이유다. 외부적 조건에 얽매이지 않고 삶에 작동하는 거대한 흐름들을 완전히 통찰하는 법을 알고 있는 것이다.

> 항구는 기꺼이 도움을 줄 것이다. 항구는 자비롭다. 항구에는 안전과 안락, 난로와 저녁식사, 따뜻한 담요, 친구들, 우리 인간에게 도움이 되는 것이 모두 갖추어져 있다. 하지만 그 강풍 속에서 항구나 육지는 그 배에 가장 절박한 위험이 된다. 배는 모든 환대를 피해서 도망쳐야 한다. (……) 배의 유일한 친구가 바로 배의 가장 고약한 원수인 것이다!『모비딕』, 152쪽 (pp.174~175).

근 1년을 붙들고 있던『모비딕』원고를 마무리하던 지난 크리스마스에 집에서 완전히 독립을 하고 내 공간을 꾸렸다. 12월의 마지막 주말 역시 에세이 발표로 바빴던 주간이었기에, 짐 정리도 제대로 못하고 계속 글을 수정하는 날의 연속이었다. 집에서 의자 가져오는 것을 깜박해서 어쩔 수 없이 책을 헐겁게나마 높이 쌓아 두고 그 위에 아슬아슬하게 걸터앉아 타이핑을 했던 기억이 떠오른다. 사실 독립을 해야 할 하등의 이유가 없었다. 돈과 안전을 생각했을 때, 안락하고 따뜻한 육지, 즉 부모님의 품에서 조용히 있는 편이 훨씬 좋았다. 그렇지만 흰고래의 알 수 없는 힘이 자꾸만 나가야 한다고, 나가라고 그 하얀 이마로 나를 밀어대는 것만 같았다. 나도 에이해브처럼 코앞으로 다가온 나의 고래를 문득 발견하고 만 것일지도 모른다. 그리고 이 글은 어쩌면 일종의 장례절차다. 모든 것을 제공해 주는 유혹적인 육지로 다시는 돌아갈 수 없음을, 어떻게든 에이해브와 이슈메일이 알려 준 항로를 샘플 삼아 나의 항로를 개척해야 할 것임을 알기 때문이다. 하여 내 나름의 이별과 죽음을 기념하는 글을 이렇게 써 내려간다. 기존의 전제, 관념들과 배치들, 비가역적으로 변해 버린 관계들까지 『모비딕』을 탐구하면서 담담하게 흘려보낸다. 누구나 겪는 이 해체와 전환의 시절을 이렇게 매력적인 고전을 동반자 삼아 즐겁고 치열하게 반환점을 돌았으니, 가장 필요한 시기에 가장 적절하게 허락된 고전과의 인연이다. 이보다 더 큰 공부복은 없다.

당신은 삶을 즐거운 우주적 놀이로 받아들일 수 있는 시야를 가지고 있는가? 『모비딕』은 육지의 안락함을 뒤로 하고 떠난 바다에서 마주칠 수 있는 온갖 모험과 지혜들을 생생하게 들려준다. 이 생생함이 결국에 나를 길 위에 세워 두었는지도 모른다. 지금 내가 천천히 겪고 있는 결별의 과정들마저 소중한 글감이 되고, 학인들과 공부하는 과정 속에서 주고받을 수 있는 앎의 재료가 된다. 이것이야말로 삶이 우주적 놀이로 치환되는 과정일 것이다. 타조가 아무렇지도 않게 거대한 알을 꿀꺽 삼켜 버리듯이, 내게 들이닥친 운명을 아주 '맛있게' 소화해 낼 수 있는 거침없는 소화력은 철학에서부터 나온다.

이슈메일은 대답한다. 내게 닥치는 모든 사건, 인연들을 포함한 모두 우주가 나에게 걸어오는 그저 재밌는 장난일 뿐이라고. 이 유쾌한 희롱에 박자를 맞추어 대담한 춤 스텝을 밟을 수 있을 때 당신만의 리듬을 가진 로고스가 탄생한다. 이제 자비로운 항구를 떠났지만 흔들리는 배 위에서도 평온함을 느낄 수 있는 비법을 『모비딕』으로부터 배웠다. 이것이 바로 고래잡이의 위험이 품고 있는 자유롭고 편안한 악당 철학이다.

2) 종말론의 종말

『모비딕』의 맨 처음 서두에서 이슈메일은 말한다. 카토는 칼 위로 몸을 던져 죽었지만, 자신은 바다로 나간다고. 카토의 죽음은 단순히 첫머리의 비유로서만 끝나지 않고, 소설 전체에 걸쳐 의미심장한 미장센을 남긴다. 『모비딕』에서 제일 많이 튀어 나오는 철학자가 바로 플라톤이고, 그의 대표작인 『파이돈』 역시 젊은이들이 즐겨 읽는 책으로 언급된다.

로마 공화정 시대, 아버지 대(大)카토에 이어 유명한 정치가였던 소(小)카토가 자신의 뜻이 관철되지 않자 자살을 결심하면서 생의 마지막에 붙잡고 읽었던 책이 바로 『파이돈』이었다. 코앞의 죽음을 앞두고 영혼의 불멸을 설파한 플라톤의 책을 집어 든 것이다. 결코 죽지 않을 영혼이 육체에 깃들어져 있다는 플라톤의 말이 그의 운명을 담담히 맞이하도록 한 것이다. 어쩌면 불멸에 대한 소망이 없었다면 그가 자발적으로 죽음을 택했을 이유는 없었을지도 모른다. 참으로 기이한 아이러니이다. '결코 사라지거나 멸하지 않는(不滅) 영원함'에 대한 소망이 자신을 기꺼이 죽게 만드니까. 허먼 멜빌도 이 묘한 모순을 알아챈 것인지, 이슈메일의 입을 빌려 플라톤을 슬쩍 비꼬는 풍자를 멈추지 않는다.

> 꿀이 가득 든 플라톤의 머리에 빠져 거기서 감미롭게 죽어간 사람은 또 얼마나 많았던가?『모비딕』, 423쪽(p.526).

최후의 순간에 책을 읽고 칼 위로 몸을 내던지는 죽음이라! 도대체 인간의 머릿속에서는 무슨 일이 일어나고 있는 것일까? 죽음 앞에 '감미로운'이라는 형용사를 갖다 붙이는 언어를 구사할 수 있다니 말이다. 플라톤이 설파하는 삶과 죽음에 대한 이론은 달콤한 사상의 꿀통(honey head)이었을지 몰라도, 그의 사상은 기독교의 이원론으로 그대로 부활하고 마침내 종말론을 낳는다. 모든 서양철학은 플라톤에 대한 각주에 불과하다는 화이트헤드의 말처럼, 기독교 역시 플라톤의 꿀통을 비껴 갈 수 없다.

종말론은 결국 멸망에 대한 담론이라기보다는 인간에 대한 해석론이다. 인간은 어떻게 작동하는가? 죽음을 앞둔 긴장과 공포 상태에서만 정신줄을 단단히 붙잡고 열정적으로, 올바르게 삶을 영위한다는 관점이 종말론이다. 선함과 좋음을 향한 인간의 의지는 종말의 위기에서만 작동한다는 것이 종말론이 바라보는 인간인 것이다. 따라서 종말론을 제대로 들여다보려면 "인류는 정말 멸망할까? 그렇다면 언제 멸망할까?"가 아니라, "과연 무엇이 인간을 추동하는가?"를 물어야 한다. 더 나아가 존재의 작동 방식에 대한 물음을 물어야 한다. 존재는 정말로 끝이 임박했다는 위기감 위에서만 삶을 제대로 인식하고 올바르게 작동하는 기계인 것일까?

엄마는 늘 성경의 「요한계시록」이 예언한 대로 인간은 불로 멸망한다고 했으며, 그게 아마 핵폭탄일 것이라고 장담했다. 그래서 다른 사람들이 신을 떠나 제멋대로 타락에 젖어 살아가더라도, 우리는 마지막 때를 바라보며 최후의 빛과 소금이 되어야 한다고 말씀하셨다. 그렇지만 과학책 몇 권만 읽어 봐도, 이런 빛과 소금의 사명은 금방 무용지물이 된다. 인류가 핵으로 멸망하든 홍수로 멸망하든 간에, 인간이 사라져도 인간 외의 생명과 우주는 눈 하나 깜짝하지 않고 유유히 흘러갈 것이다. 당장 내가, 혹은 전 인류가 사라진다는 건 이 무한한 우주에서 그렇게 엄청난 사건이 아니다. 어떤 종(種)이 번창하고 영화를 누리다가 사라져 가는 것은 자연의 당연한 흐름 중 하나다. 거기에 신이 엄숙하게 심판을 내리고 개입하는 틈이 있을 수 있을까? 종말론이야말로 인간 자의식의 최종 산물이다.

그렇다면 질문 하나가 남는다. 인간의 범주를 뛰어넘은 우주적 시선으로, 불멸에 대한 달콤한 소망을 과감히 내려놓은 채, 일상의 고통과 슬픔을 감내할 수는 없을까? 어떤 위로나 자의식 없이 죽음과 해체를 마주하고 성찰할 수 있는 힘이 우리에게 있을까? 죽음을 바라보는 시선을 돌려, 삶을 제대로 살아 내기 위해서 말이다.

결국 삶과 운명에 대한 질문은 결국 존재에 대한 이해와 직결된다. 더 단순하게 요약해 보자면, 존재는 어떻게 작동하고 삶을 이어 가고 욕망을 생성하며 사건을 해석하고 죽음을 맞이하는가? 『모비딕』에서 발견한 것은 두 가지의 존재론적 인식이었다. 열정과 광기의 타나토스, 웃음과 일상의 로고스. 정해진 목적을 향해 달려가는 추동력이 주는 쾌감의 선분과 엄숙주의를 내려놓은 자리에 생기는 유쾌함의 선분 역시 보았다. 두 흐름 중에 물론 정답은 없다. 각기 다른 존재론적 인식의 과정을 오롯이 체험할 수 있는 것이 바로 문학이다. 그래서 작가가 창조한 세계에서 살아가는 입체적 캐릭터들을 들여다보면서 내가 아닌 타자가 되어 가는 과정을 간접적으로 겪을 수 있게 된다. 세계에 대한 해석을 다르게 품고 살아가는 모든 이들이 삶과 운명을 받아들이고 생각하고 말하며 시공간의 한 부분을 구성하는 모든 과정들을 말이다. 문학을 읽어야 하는 이유, 그리고 문학이 마침내 철학이 되는 지점도 여기에 있다.

『모비딕』이 막 후반부로 접어드는 제112장 「대장장이」 편. 여기, 한 명의 대장장이가 있다. 그는 젊고 충실한 아내와 아이 셋을 낳고 가정을 꾸리며 잘나가는 대장장이였다. 모든 소설의 전개가 그러하듯, 두려울 것 없는 중산층 대장장이 사내에게도 운명적 순간이 예고 없이 도래하며 그의 삶은 완전히 달라진다. "그 운명의 마개를 열자, 악귀가 튀어나와 그의 가정을 망가뜨렸다."『모비딕』, 578쪽(p.729). '악귀'라는 단어 말고는 달리 떠오를 말이 없을 정도로, 갑작스레 닥친 불행은 차근차근 그의 삶을 짓밟는다. 불행의 가장 큰 특징은 연속성 아닐까? 병으로 쓰러져 일을 할 수 없게 된 대장장이는 재산과 집을 잃고, 곧이어 아내와 아이들마저 저세상으로 떠나보내는 아픔을 겪는다. 모든 것을 잃은 채 백발의 노인이 된 대장장이는 완전히 혼자가 된다. 아무도 그를 위로해 주지 않고, 어디 가서 억울함을 호소할 데도 없다. 대장장이는 어떻게 되었을까?

> 이런 인생에는 죽음만이 바람직한 결말처럼 여겨진다. 하지만 죽음은 미지의 낯선 영역으로 들어가는 것일 뿐이고(but Death is only a launching into the region of the strange Untried), 무한히 멀고 황량한 곳, 육지로 둘러싸이지 않은 바다로 들어갈 가능성에 보내는 첫인사일 뿐이다. (……) 모든 것을 주고 모든 것을 받아들이는 바다는 상상할 수도 없는 흥미로운 공포와 새로운 활력으로 가득 찬 놀라운 모험의 광야를 그의 눈앞에 유혹하듯 펼쳐 놓는다.『모비딕』, 579쪽(pp.730~731).

여기서 한 번의 놀라운 반전이 일어난다. 세상에서 흔적도 없이 사라지는 것만이 당연한 귀결이라고 생각될 정도로 삶에 미련이 없는 순간에 다른 감각이 불꽃처럼 발휘되는 것이다. 이러한 생의 의지 속에서 죽음은 완전히 다르게 정의된다. 죽음은 신께서 인간을 위해 예비해 둔 고통 없는 천국에 다다르기 위해 육체를 벗어던지는 것이 아니다, 전혀 경험하지 못했던(untried) 바다라는 공간에 진입하는 문이 곧 죽음이 되는 것이다. 하여 죽음은 연속된 불행의 귀결이나 끝장 같은 것이 아니라 '첫인사'(launching: 발사, 개시)로 변신한다. 존재가 계속해서 문턱을 넘어가는 그 순간에, 한 번도 시도해 보지 않았던 낯섦과 만날 때 비로소 첫인사로서의 죽음을 알게 될 것이다. 그의 모험은 다시 시작되고 삶은 요동치며 바다는 광활한 무대로 탈바꿈한다. 그래서 상복을 입고 떠돌던 늙은 대장장이는 즐겁게 대답한다. "아암, 가고 말고!" 나는 이 장면에서 종말론에서 말하는 인간과 다른 방식으로 작동하는 인간의 가능성을 본다.

> 그는 발가벗겨진 추상체였고, 분할되지 않은 통합체이며, 방금 태어난 아기처럼 비타협적이고, 현세나 내세와 미리 계획된 관계를 갖지 않고 사는 인간이었다.『모비딕』, 559쪽(p.706).

허먼 멜빌이 정의하는 야만인의 속성을 그대로 옮겨 놓은 문장이다. 아무런 계획과 소망, 약속 없이도 고통스러운 삶의 순간들을 껴안는 목수와 대장장이들의 담담함은 경탄스럽다. 그래서 피쿼드 호가 바닷속으로 완전히 삼켜지는 순간, 에이해브의 드라마틱한 유언이 끝나고 난 뒤 맨 마지막으로 묘사되는 선원의 행동은 바로 부서진 배의 돛대 꼭대기에서 망치질을 멈추지 않는 것이었다. 배의 가장 높은 부분까지 수면에 잠기는 순간조차도 끝까지 망치를 쥔 손을 놓지 않은 장면에서 왜인지 모르게 마음이 울컥했다. 그리하여 죽음을 맞이한 그들은 또 다른 '첫인사'를 어떻게 마주했을까. 확실한 건 공포와 발광은 아니었을 것이다. 결말이 가장 요란한 자는 에이해브고, 항해사들은 나름대로 침착하게 죽음을 대면하는 대사들을 내뱉으며, 대본이 주어지지 않은 선원들은 담담한 내러티브 속에서 최후가 매듭지어진다. 방랑자이자 야만인이며 아웃사이더인 피쿼드호의 선원들이 죽음이라는 낯선 영역에 진입한 이후, 그들의 해체된 분자는 또 어떤 추상체를 이루었다가 또 합쳐졌을지는 아무도 모른다.

3) 에이해브의 'No'와 이슈메일의 'And'

유신론자의 삶을 살아왔다면 그 삶의 새로운 가능성은 무신론자로 전향하는 것인가? 절대자와 관련된 모든 것에 '아니오'를 외치며 정반대의 지점을 다시 새롭게 확보하는? 에이해브를 통해 그런 방향성의 결과물이 무엇인지 충분히 짐작할 수 있다. 모든 '아니오'가 결국에는 이전과 다를 것 없이 아주 비슷한 배치 내에서 동일하게 움직인다. 그렇다면 새로운 도주선과 운명탐구의 길은 어떻게 열어젖힐 수 있을까?

나는 신실한 신도의 삶에서 광적인 반종교론자로 내 사상적 좌표만 살짝 달리하는 것을 새로운 가능성이자 길이라고 믿었던 것일지도 모른다. 신이란 말이 얼마나 싫었던지, 스피노자에 대해 배울 때 그 단어를 마주하자마자 불쑥 짜증이 올라왔던 게 아직도 기억난다. 분명 그 신이 그 신이 아니란 걸 아는데도, 나는 단어를 전혀 바꿔 보지 못하고 경직되어 있었다. 이것은 '아니오'의 포지션을 고집할 때 나오는 경직성이다. 그렇다면 새로운 철학의 방향, 즉 로고스의 가능성은 '아니오'가 아닌 '그리고'의 영역 위에서 탄생할 것이다.

들뢰즈는 "철학은 반성이 아니라 생성하는 것이다"라는 말로 철학을 짧고 간단하게 정의 내린다. 단순해 보이는 문장 안에 정말 많은 의미가 함축되어 있다. 이 글의 프롤로그를 써 내려갈 때만 해도, 나는 철학이란 무조건 망치로 모든 것을 파괴하고 모든 것을 부정하고 의심하는 것에 가치를 부여하는 작업이라고 생각했다. 그러나 그 파괴의 과정이 섣부른 반성이 되지 않도록 주의해야 한다. 이슈메일이 가르쳐 준 대로, 이때는 자신의 직관력을 발휘해 보는 것이 좋다. 내게 어떤 힘들이 작용하고 있는가? 혹시 내가 지나온 모든 길들을 부정하고 앞으로는 이렇게 살지 않겠다는 반성문을 써 내려가는 것을 철학이라고 착각하고 있는 것은 아닐까? 생성이 반성과 가장 다른 점은, 생성은 니체의 말대로 "존재하는 것에서 빼 버릴 것은 하나도 없으며, 없어도 되는 것은 없"음을 깨닫는 것이다. 지금 내게 주어진 삶의 모든 요소들 속에서 그저 충만함을 느낄 수 있는 것이 생성의 철학이 주는 가장 큰 기쁨이다.

에이해브와 종말론을 연결시키며, 또 이슈메일을 다시 새롭게 인식하면서 확실히 알았다. 절대자의 존재를 인정하고 말고가 중요한 게 아니라는 걸. 내 신체성이 작동하는 배치와 구도 자체를 들여다보고 바꾸지 않는 이상, 내 과거와 그동안의 길을 자꾸만 너절한 것으로 간주하며 계속 새로운 완성을 세팅하는 타나토스적 갈구를 멈출 수 없을 것이다.

Yes와 No의 버튼을 메뚜기 뛰듯 펄쩍펄쩍 오가며 누르는 것이 아니라, 그 사이를 가로지를 새로운 다리를 놓을 수 있는 것이 바로 And, '그리고'의 가능성이 아닐까? 내게 허락된 '그리고'란, 무신론 vs 유신론, 철학 vs 신앙의 대립항 구도를 강화하는 것이 아니라, 무신론 '그리고' 유신론, 철학 '그리고' 신앙, 지혜 '그리고' 영성, 가족 '그리고' 공부일지도 모른다. 이 '그리고'의 가능성에서 수많은 블록들이 다시 연결될 수 있을 것이다. 철학 그리고 영성, 신앙 그리고 공부… 얼마나 많은 것들이 비로소 가능해지는지!

『모비딕』 곳곳에 숨겨져 있는 성경의 코드를 읽어 내고, 이를 재해석하느라 다시금 성경을 폈다. 수십 번도 더 통독하고 필사하고 낭송한 책이 바로 성경이지만, 『모비딕』을 읽은 후에 다시 찾아 읽은 「창세기」, 「요나서」와 「열왕기상/하」, 「전도서」, 「요한계시록」 등이 어떻게 이렇게까지 새롭게 읽힐 수가 있는지, 완전히 처음 읽는 것처럼 훅 다가오는 성경의 낯섦에 크게 놀랐다. 그와 동시에 이슈메일이 고래에 대해 평생 알지 못할 거라고 말한 맥락이 어떤 뜻인지 와닿는 것이다. 내가 과연 성경을 안다고 할 수 있을까? 결코 아닐 것이다.

『모비딕』 한 권만으로 다른 텍스트를 읽는 눈이 바뀌어 버린다. 그렇다면 매번 새롭게 고전을 읽어 낼 수 있는 눈과 언제든 변화할 수 있는 신체성으로 내가 열려 있을 때, 이 '알 수 없음'마저 얼마나 큰 재미로 다가올 것인지 벌써부터 가슴이 뛴다. 이건 두려움을 낳는 '무지'와는 완전히 다르다. 에이해브처럼 수수께끼를 다 해결하려는 고독한 갈증에 목말라할 필요가 없다. 이 말랑말랑하고 유연한 불멸의 고전들은 『주역』 47번째 수풍 정(水風井)괘의 괘사처럼, 마르지도 넘치지도 않는 우물물과도 같아서(无喪无得무상무득), 오고가는 모든 이들을 먹이는 데다가(往來井井왕래정정), 육오효의 말씀처럼 더운 날 벌컥벌컥 들이키는 깨끗한 찬물처럼 통쾌함을 가져다준다(井洌寒泉食정열한천식). 수많은 점들을 통과하는 나만의 '그리고' 연결고리들을 만들어 내는 것 말이다.

이것이 이슈메일이 알려 준 통쾌함의 로고스다. 내가 로고스적 힘으로 움직이는 철학의 문이 된다면 과거에 나를 지나쳤던, 지금 나를 통과하고 있는, 또 앞으로도 내게 흘러들어 올 모든 것은 그저 철학, 철학이 된다. 기존의 배치 구도는 그 움직임 속에서 완전히 무력화되거나 변화될 것이다. 거기에 내 공부의 방향성이 보인다.

‹덧달기› 『모비딕』의 조연들

①세 명의 항해사들

피쿼드 호의 일등 항해사는 그 유명한 커피 브랜드 이름의 원조, 스타벅(Starbuck), 이등 항해사는 스터브(Stubb), 삼등 항해사는 플래스크(Flask)이다.

스타벅은 뱃사람으로 잔뼈가 굵은, 침착하고 노련하며 감이 아주 좋은 사람이기에, 이 항해가 계속된다면 모두 다 죽는다는 것을 이미 눈치채고 있다. 그의 냉정한 이성은 불운한 앞일을 감지하게 하지만, 결과를 알면서도 막을 수 없는 것 또한 이 이성 때문이다. 에이해브가 잠든 선실로 내려간 스타벅은 머스킷 총을 눈앞에 두고 갈등한다. '모두를 죽일 것이 뻔한 살인자를 내가 죽이면 나도 살인자가 되는가?' 찰나의 순간에 온갖 질문을 던지는 그의 상념과 고뇌를 그 바닥까지 맛볼 수 있어서 같이 괴로워진다. 그가 제발 그만하자고, 집으로 돌아가자고 에이해브 선장을 설득하다가도, 결국 최후의 순간에 에이해브와 악수를 나누며 울음을 터뜨리는 모습은 어쩔 수 없이 운명에 끌려가는 인간의 모습이란 이런 것일까 하는 생각에 잠기게 한다.

"오오, 선장님, 나의 선장님! 고귀하신 분이여, 가지 마세요. 제발 가지 마세요! 보세요, 용감한 사나이가 울고 있습니다. 당신을 설득하는 고통이 얼마나 큰지 모릅니다!"『모비딕』, 673쪽(p.874).

결코 저지되지 않을 선장의 발걸음에 의미 없는 절규를 내뱉어야 하다니, 가장 마음이 아픈 대사다.

이등 항해사 스터브는 고래잡이 자체를 아주 즐기며 에이해브를 경외심 반, 두려움 반으로 바라보는 인물이다. 늘 담배를 물고 다니는 지독한 골초인데, 사냥을 시작할 때 담뱃불에 불을 붙이고 그 담뱃불이 꺼져갈 때 사냥이 끝나는 식이다. 그의 이름과 거의 똑같은 영어 명사, "stub"의 뜻 역시 담배꽁초다.

플래스크는 땅딸막하고 살짝 경박한 항해사로 '왕대공'이라고 불린다. 스터브와 플래스크는 가장 잔인한 고래 학살을 아무렇지도 않게 행하면서도 정작 자신의 죽음에 대해서는 천진난만함을 지닌 인물들이다. 순수함이라고도 할 수 있겠고, 또 의외로운 의연함이라고 말할 수도 있겠다.

마지막 순간에 팬티라도 걸치고 죽게 해달라며 먹고 싶은 음식을 찾는 스터브, 어머니가 자신이 받아야 할 돈을 육지에서 미리 받아뒀으면 좋겠다고 중얼거리며 항해의 끝을 담담히 선언하는 플래스크까지. 긴 항해의 여정은 이렇게 모두의 죽음으로 마무리된다.

②세 명의 작살잡이들

세 항해사들은 각기 자신만의 고래잡이 파트너, 작살잡이들을 한 명씩 데리고 다닌다. 스타벅의 작살잡이는 식인종 퀴퀘그, 스터브는 인디언 타슈테고, 플래스크는 흑인 다구. 『모비딕』을 읽다 보면 포경선 내의 위계질서라든가 엄격한 수직관계에 대해 들여다볼 수 있는데 세상에서 가장 거칠고 위험한 일을 해내는 조직의 질서와 내부 윤리가 어떤 것인지 체험할 수 있다. 항해사들은 전부 백인이지만 그들이 고래사냥을 할 때마다 위험한 선작업을 먼저 해내는 흑기사들은 전부 유색인종들이니, "미국은 뇌를 제공하고 그 외의 인종들은 근육을 공급"한다고 말한 허먼 멜빌의 말을 충분히 이해할 수 있을 것이다. 특히 플래스크-다구, 이 커플의 조합이 가장 재밌는데, 다구는 190cm가 넘는 거구의 흑인이라서 땅딸막한 플래스크를 어깨 위에 얹고 더 먼 곳을 볼 수 있게끔 받쳐 주는 장면이 있다. "하지만 작달막한 플래스크가 거대한 다구의 어깨 위에 올라탄 광경은 훨씬 더 기묘했다. 그 고귀한 검둥이는 냉정하고 무관심하고 느긋하고 뜻밖에 원시적인 당당한 태도로 균형을 유지하면서, (……) 올라탄 사람보다 그를 떠받치고 있는 사람이 더 고귀해 보였다."『모비딕』, 285쪽(p.344). 허먼 멜빌만이 할 수 있는 기막힌 전복적 서술이다. 조그만 백인을 받쳐 든 위풍당당한 흑인이라!

③목수와 대장장이

배를 수리하거나 기계를 만지는 목수와 대장장이, 도금장이도 선원 목록에서 빠질 수가 없다. 수년을 바다 위에서 항해하는 포경선이니만큼, 배를 수리하고 기계를 만지고 선원들이 원하는 도구를 뚝딱뚝딱 만들어 내는 장인들이 꼭 필요한 것이다. 유독 『모비딕』의 후반부에 이들을 집중적으로 다룬 장이 연이어 나오는데, 하나같이 고행으로 점철된 삶을 버텨 나가는 자들에 대한 애틋함으로 가득 차 있다. 노동하는 인간에 대한 세심한 관찰 역시 돋보인다. "힘든 일이 삶 자체라도 되는 것처럼, 그리고 힘찬 망치질이 심장의 힘찬 고동이라도 되는 것처럼 열심히 일했다."『모비딕』, 577쪽(p.728). 허먼 멜빌이 선원 생활을 했을 때 이런 기술직들에게 깊은 감명을 받았던 것이 틀림없다. 그들 모두 해탈하고 열반에 든 도인처럼 묘사되기 때문이다. 큰 고통과 불행을 겪고 배에 올라타 묵묵히 할 일을 해내는 사람들인데, "현세나 내세와 미리 계획된 관계를 갖지 않고 사는 인간"『모비딕』, 559쪽(p.706).이다. 이들이야말로 과거의 속박, 미래의 약속 등 모든 종교적 언표에서 깔끔하게 벗어나 버린 독특한 조연들이다.

④그 외 마주친 배와 그 배의 선장들

고래를 쫓아 바다를 떠돌고 있는데 다른 포경선과 마주쳤다면? 아마 아주 반가울 것이다. 망망대해에서 동종업계 사람들을 우연히 마주쳤다는 반가움에 더해, 실질적으로 아주 유용한 도움을 서로 주고받는다. 출항 시기가 다르니 서로가 가진 최신 신문을 교환하기도 하고, 육지에서 실은 편지를 건네주기도 한다(물론 이 편지가 당사자에게까지 정확히 배달될 확률은 극히 적다). 잠시 배를 멈추어 두고 하룻밤 파티를 벌이기도, 필요한 물과 기름을 나누는 호의를 베풀기도 한다. 피쿼드 호 역시 항해 과정 중에 다양한 만남의 에피소드들을 보여 준다.

▶타운 호의 스틸킬트, 래드니 이 배는 아주 흥미로운 이야기를 간직한 배다. 만약 선상 반란을 생생하게 묘사한 글을 읽고 싶다면, 이 타운 호에 대해 설명한 54장이 제격일 것이다. 이야기 안에 이야기가 전개되는 액자식 서술이고, 주인공은 야생미 넘치는 스틸킬트와 얄미운 래드니다. 흰고래를 주적으로 삼은 피쿼드 호와 다르게, 선원들끼리 싸우고 첨예하게 대립하며 서로를 죽이는 갈등 구도가 특징이다. 먼 바다에 고립된 인간 무리들이 겪는 온갖 종류의 싸움과 투쟁이 『모비딕』에서 전부 드러난다.

▶새뮤얼 엔더비 호의 외팔이 선장과 의사 벙거 새뮤얼 엔더비 호가 나오는 100장은 에이해브와 피쿼드 호를 완전히 상반되게 패러디한 것처럼 느껴진다. 모비딕에게 한쪽 다리를 잃은, 음울하고 카리스마 있는 미국인 선장 에이해브. 그리고 역시 모비딕에게 한쪽 팔을 잃은, 산만하고 농담도 잘하는 영국인 선장과 그의 의사 벙거. 수많은 엑스트라가 장면마다 등장하는 『모비딕』 속에서 의사 벙거가 튀는 이유는 바로 이 대사 때문이다. "고래의 소화기관은 (……) 사람의 팔 하나도 완전히 소화시킬 수 없다는 걸 아십니까? 그러니까 흰고래는 두 분께서 생각하시듯 사람을 해치려는 게 아니라 단지 거북해서 날뛰는 겁니다."『모비딕』, 531쪽(p.669). 벙거는 왜 모비딕이 날뛰는지 정확히 알고 있다. 흰고래는 당신들이 생각하는 단순한 동물 그 이상이며, 마치 인간처럼 감정과 기분을 느끼고 있어서 심기가 불편해지면 날뛰는 것이라고. 한쪽 팔을 잃고도 발랄함을 잃지 않은 이 '새미' 호의 선장은 모비딕을 또 만났다가는 나머지 팔도 잃겠다며 그대로 배를 돌린다. 에이해브가 미치지 않았더라면, 스타벅이 에이해브를 설득하는 데 성공했더라면, 피쿼드 호 역시 이들처럼 다른 항로를 선택했을까?

▶레이첼 호와 가디너 선장 이슈메일은 레이첼 호에 의해 구조되는데, 여기서 레이첼은 성경에 나오는 야곱의 아내, 아들을 낳지 못해 전전긍긍했던 라헬의 영어식 이름이다. 레이첼 호의 선장은 며칠 전의 고래잡이에서 자신의 아들 둘 모두가 실종되는 비극을 겪는다. 실낱같은 희망을 부여잡고 바다를 헤매고 있던 그 배가 건진 것은 아들이 아닌 부표를 잡고 떠다니는 이슈메일이었다. 생사의 갈림길에서 서로간에 이토록 어긋나고 또 얽혀 버릴 수가 있을까. 기가 막힌 서사다.

에필로그

1) 무지는 두려움의 아버지다

"왜 지금 면접에서 다 떨어지고 갈팡질팡하는 줄 알아?" 계약 만료를 몇 달 앞두고 이직 준비를 하느라 이력서를 돌리며 동분서주하는 내게 엄마는 말했다. "그건 요즘 네가 기도도 안 하고 교회도 안 가기 때문이야. 하나님한테 멀어져서 그래."

덤덤한 웃음이 나왔다. 이건 엄마가 내게 아주 잘 써먹는 전략이다. 일명 '두려움 휘젓기' 전략. 사람의 두려움이란 마치 청계천의 흙탕물과도 같아서 평소에는 그럭저럭 개천의 역할을 하며 잘 흘러가는 것처럼 보인다. 그러다 이런 말 한마디, 혹은 느닷없는 사건에 마주치면 갑자기 회오리가 몰아치며 가라앉아 있던 분진들이 수면 위로 떠올라 어지럽게 섞이는 것이다.

이 어지러움은 불안과 두려움으로 이어지게 마련이다. '정말 그런가? 내가 뭘 잘못했나? 그래서 벌을 받고 있는 건가?' 이렇게 불안정한 마음을 가다듬으려면 모든 사건의 원인을 창조주로 싹 욱여넣은 뒤에 무릎 꿇고 빌면 된다. 제발 나 좀 도와 달라고, 불행 말고 행복을, 저주 말고 축복을 달라고.

나는 하나님과 멀어지면 인생이 잘 안 풀리고 병이 들고 불운이 닥칠까 두려웠다. 한마디로 내 신앙은 철저히 두려움을 자양분으로 삼은 기복신앙이었다. 그리고 『모비딕』이 말한 대로, 두려움을 낳는 원천은 철저한 무지(無知)와 무명(無明)이다. 엄마의 의도가 전혀 통하지 않는 지금의 나를 보니, 그래도 책을 읽고 공부를 하긴 했나 보구나 하는 생각이 든다. 3년 동안 읽고 쓰며 뒹굴고 구르고 업어치기 메치기를 하다 보니 무지로 덮여 있던 두려움 한 겹이 그나마 떨어져 나가기라도 한 것일까?

감이당에 온 이후로 가장 충격적이었던 단어 하나는 '자기 구원'이었다. 어떻게 구원의 주체가 자신이 될 수 있는가? 구원은 하나님만 쓸 수 있는 단어인데. 엄청난 무게감의 경건한 단어가 '자기'(self)라는 단어와 붙어 있는 걸 난생처음 봤을 때의 이질감이란! 엄마가 쏟아 내는 신의 언어들은 이제 나를 뒤흔들지 못하고, 너무나 미약하고 소소하지만 그래도 철학이란 걸 해보겠다고 어성버성하며 주워 담은 산발적인 앎들이 얼마나 큰 통쾌함의 탈주로를 열어젖혔는지 깨닫는다. 이제야 자기구원이라는 단어가 입에 달라붙고 거리낌 없이 쓸 수 있는 걸 보니, 그동안 많은 것이 변했다. 비로소 내 나름의 방식으로 소박하게나마 자기구원의 방식을 실천하고 있음을 나는 안다.

2017년 대중지성을 처음으로 시작하고 소제목 붙이는 법조차, 문단 띄우는 법조차 전혀 배우지 못한 채 휘갈겨 써 낸 첫 에세이에서 문탁 선생님이 해주셨던 말이 문득 생각난다. "깨닫고 글을 쓰는 게 아니다. 글을 쓰면서 깨닫는 것이다." '쓰기'와 '깨달음'은 같이 간다는 말을 알아듣지 못해 대체 무슨 말인가 하여 어리둥절해하면서 마음속에 담아 두었다. 어느샌가 그 문장이 피상적으로 맴도는 게 아니라 뇌리에 인이 박이듯 구체적으로 와닿는 것을 느꼈다.

나는 무엇을 몰랐었고, 이제는 무엇을 알게 되었는가? 어떤 무지가 나를 두렵고 불안하게 했고, 이제 어떤 앎이 나를 해방시켰는가? 이를 알기 위해 『모비딕』을 매개로 삼아 내가 놓였던 배치를 철저하게 파헤쳐 보고, 그 이후의 모든 스텝까지 철학의 눈으로 들여다보니, 거기에는 내 나름의 사상적 계보학이 있음을 알게 되었다. 솔직히 사상이라는 거창한 단어를 붙이기에는 참으로 민망스럽지만, 어떤 흐름을 타고 내 가치관과 믿음이 생성되었는지 돌아보는 계기가 글을 쓰면서 만들어진 것이다. 이 작업을 자세하게 진행하며 나는 더이상 내 안에 또다시 불어닥칠 해체와 붕괴, 이별의 순간을 두려워하지 않는다. 오히려 묘한 즐거움으로 고대하고 있다. 쓴다는 것은 깨달음의 과정 중에 놓이는 것임을, 그리고 그 속에서 또 다른 앎과 마주하는 것이고 그 앎은 또 새로운 탈주로를 놓아 줄 것임을 분명히 알기 때문이다.

내가 지금 조심스럽게 쌓고 있는 모든 인연과 공부들도 그 때 그 순간처럼 무너져 내리고 흩어져 산개해 갈 것임을 안다. 그러면 또다시 내게 주어진 조각패들을 조심스럽게 이어 붙이며 항구로 나갔다 되돌아오는 항해를 계속하겠지. 이 알고리즘 속에서 고통과 불행은 더이상 두려움의 대상이 되지 못하고 어떤 좋음과 나쁨의 분별도 없이 내가 삶 속에서 집어 들 수많은 패들 중 하나가 된다. 글쓰기는 모든 것을 다시 그물망처럼 짰다가 해체하는 예술의 방식을 알려 준다. 이렇게 무지는 격파되고, 두려움을 넘어서게 되는 것이다.

2) 원숭이 밧줄의 철학

보통 역사를 공부한다는 것은 뗀석기부터 88올림픽까지 시간

순으로 나열된 사실을 배우는 것이라고 생각한다. 하지만 전혀 다른 방식으로 역사를 조립하고 구성할 수 있다. 『모비딕』을 가지고 미국을 발견하고, 미국을 보면서 그토록 궁금했던 기독교에 대한 화두를 들여다보고, 나와 전혀 다른 세상에 살고 있을 것 같았던 19세기 백인들의 사상과 21세기의 내가 이런 식으로 엮어질 수 있음을 깨닫고, 다시금 철학에 대한 태도를 생각하는 모든 과정 속에서 말이다. 오로지 고전 하나를 도구 삼아, 시간과 공간을 종횡으로 달리며 수많은 글들을 채굴하고 난생처음으로 문학과 국가·역사를 꿰어 나간 작업은 한계 없이 접속할 수 있는 앎의 힘을 다시금 생각하게 했다. 전혀 생각지도 못한 방식으로 붙잡은 맥락들, 거기서 마주한 지혜들의 가르침은 그저 놀라웠다.

『모비딕』은 마치 감자를 줄줄이 캐어 나가듯 연결되고 연결됨의 연속이었다. '이만하면 됐겠지' 하는 순간에 실타래를 풀 듯 희미한 선이 나오고 또 나오는 것이었다. 다시 『모비딕』을 쓰라고 한다면 또 다른 이야기들과 맥락들이 쏟아져 나올 것이다. 그만큼 이 책에서 경험할 수 있는 채널들은 무궁무진하다고 감히 자신한다.

내가 고래잡이 이야기를 하는 책 덕분에 미국사를 이 잡듯 뒤지고, 민주주의의 철학적 함의와 개신교에 대해 분석하는 글을 쓰며 날밤을 샐 날이 올 줄은 상상도 못했다. 담임이신 고미숙 선생님의 가이드와 학인들의 조언이 끝을 알 수 없는 이 줄줄이 넝쿨을 계속 타고 타고 내려가게 했다. 광활한 태평양을 넘고 2세기를 돌아 그 너머까지, 그 심연까지, 마침내 나 자신으로 이어지는 연결성을 발견하도록 말이다.

이슈메일이 말한 원숭이 밧줄이 내 앞에도 놓여 있었던 것이 아닐까? 고래의 시체를 해체할 때 바다 위로 떨어지지 않도록 서로 묶여서 작업하는 선원들처럼, 이 흰고래와 함께 파도로 휩쓸려 내려가지 않도록 감이당 장자스쿨[*]의 동학들이 내가 묶였던 밧줄의 다른 한쪽 끝에 묶여 인연이란 이름으로 많은 영감과 이야기들을 건네주었다. 나는 더이상 '내가 무엇을 했다'라는 언어에 기초한 확신을 믿지 않는다. 정말 '내가' 한 것인가? 지금 내 옆에서 함께 공부하고 웃고 떠드는 동학들은 물론이거니와 샴쌍둥이처럼 서로가 영향을 주고받는 이 인연장 속에서 얼마나 많은 것들이 확연하게, 또 보이지 않는 방식으로 움직이며 흘러가고 있는지. 그렇다면 그 속에서 내가 온전한 나만의

* 장자스쿨은 공부공동체 '감이당' 내에 마련된 여러 대중지성 코스 중 하나로, '장년의 자립을 위한 공부 프로젝트'라는 뜻을 담고 있다. 고전평론가 고미숙 선생님의 지도하에 1년 동안 자신이 선택한 고전을 리라이팅하는 장기 프로그램이며, 이 책 역시 2019년의 공부 과정을 거친 결과물이다.

힘으로 이루었다고 확언할 수 있는 건 대체 몇이나 될는지. 나는 '나'라는 주어의 무용함과 함께 원숭이 밧줄의 철학을 다시금 되새긴다. 더욱더 많은 밧줄로 더 많은 인연들과 연결된다면 끝없이 반복되는 영원한 항해로도, 그 무게감을 벗어던지고 한없는 유쾌한 철학의 여로로 다가올 것이다.

3) 한때의 우화를 위한 글쓰기

> 다른 인문학도 모두 그렇듯이 인상학도 한때의 우화일 뿐이다.** 『모비딕』, 426쪽(p.530).

인상학(physiognomy)이란 자신의 본성적 자연(physis)과 그 표현된 자연을 인식하는 인간들의 인지력(gnōmē)이 합쳐진 단어로, 우리가 보통 말하는 관상, 골상학 같은 것이다. 관상학이 동양에서만 오래된 전통인 줄 알았건만, 의외로 고대 그리스 시대에도 인상학 연구가 활발했었다고 한다. 피타고라스 학파 같은 경

** 원문. "Physiognomy, like every other human science, is but a passing fable."

우, 제자를 받아들일 때에 얼굴의 골격 구조를 면밀히 분석해서 합격을 결정했을 정도라고. 눈이 이렇게 생긴 사람은 이러하고, 코가 저렇게 생긴 사람은 또 저러하고… 고로, 자연을 기호 삼아 사람의 신체라는 특정한 틀 위에서 존재성을 정의하는 것이 인상학이다.

> 인상학적으로 보면 향유고래는 변칙적인 동물이다. 우선 진정한 의미의 코가 없다.『모비딕』, 424쪽(p.527).

> 그것은 향유고래의 이마에서 어느 한 점을 정확히 볼 수 없기 때문이다. 거기에는 이목구비가 하나도 뚜렷하게 드러나 있지 않다. 눈, 코, 귀, 입도 없고, 얼굴도 없다. 향유고래에게는 진정한 의미의 얼굴이 없다.『모비딕』, 425쪽(p.529).

그런데 고래는 독특하다. 이목구비가 없다. 그렇다면 고래에게는 골상학이든 인상학이든 관상이든 사람들이 기호에 기대어 하나의 보편적 인식을 산출할 만한 프로세스 자체가 있을 수 없다는 것이다. 고래의 얼굴에서는 인상학과 같은 해석체계가 작동하지 않는다. 구글에 고래의 얼굴(whale face)을 검색해 보라. 놀랄 것이다. 과연 고래에게 '이목구비'라는 단어를 적용할 수 있을까? 완전히 다른 동물들의 얼굴, 아니 '얼굴'이라고 정의 내리기조차 힘든 신체를 보게 될 때 감지하게 된다. 사람의 이목구비야말로 얼마나 제한적인지를. 아무리 수십 개 국어를 자유자재로 구사한들 고래의 평평한 이마, 아무 말 없이 수면 위로 드러낸 이마를 인상학적으로 분석할 수 있는 사람이 누가 있을까?

그리고 고래의 불가해한 이마는 인문학(human science)에 대한 허먼 멜빌의 비유로 이어진다. 인간이 만들어 낸 인상학은 고래에게 적용되지 않고, 다른 인문학 역시 한때의 지나가는 우화(passing fable)일 뿐이라고. 모든 인간과학의 체계, 즉 문자학, 언어학, 인류학 등의 카테고리를 하얗고 불뚝 튀어나온 기이한 이마 하나로 깔끔하게 무화시켜 버리는 백지 같은 힘에 고래의 신성이 깃들어져 있다고. 지식인들은 굴곡이 뚜렷하게 진 이목구비에 기대어 이러저러한 학문과 인식 체계를 만들어 냈지만, 다 흘러가 버리는 이야기라고.

이것은 진리를 탐사하고 자연을 연구하는 모든 노력의 허망함을 씁쓸히 고백하는 것이 아니다. 알고자 하는 호모 사피엔스의 로고스적 생성 과정을 아름답게 풀어 쓴 것이다. 흘러가 버리는 우화라고 해서 서글퍼질 필요는 없다. 어쨌든 재밌는 우화들을 만들어 낸 얼굴들은 다시금 다른 표정들로 끝없이 변전해 갈 테니까. 고정된 이목구비에 집착하지 않아도 되는 것이다. 얼굴이 자신만의 표정을 버리고 흐린 벽이 될 때, 이마는 그 자체로 애매모호한 상형문자가 되고, 바다가 된다. 그 바다 위에서는 당연히 많은 사건들이 벌어질 것이다. 몰아치는 폭풍과 험악한 날씨들, 심지어 시간마저도 거꾸로 되돌리는.

이슈메일은 왜 고래의 이마에 이토록 흥미를 느낀 것일까? 인간이 오랫동안 쌓아 올린 보편적 인식 체계가 동물에게 통하지 않는 것이 뭐가 그리 재미있단 말인가? 『모비딕』은 소설 전체가 이슈메일이 자신의 항해와 생존을 담담히 털어놓는 구조다. 누군가가 이렇게 말했다. "만약 이슈메일이 현대인이었다면, 아마 유튜버가 되어서 자신의 '썰'을 풀어내지 않았을까?" 이 말을 듣고 꽤 그럴듯하다고 생각했는데, 왜냐하면 이슈메일은 어느 장소에 있든지 간에 피쿼드 호에서 생활하며 보고 들었던 자신의 모든 깨달음을 다른 이에게 설파하면서 남은 생을 살아갔을 거라는 내 생각과 일치했기 때문이다. 만약 에이해브가 살아남았더라면 다시금 광기와 집착을 더하고 쌓아 올려 또 죽음을 향해 달려갔을 것이다. "자네는 미치는 게 당연한데 왜 미치지 않나? 미치지 않고 어떻게 견딜 수 있지?"『모비딕』, 580쪽(pp.732~733).

거대한 비극으로부터 홀로 비껴간 이슈메일은 미치지 않

고서 우리에게 자신의 이야기를 들려준다. 그가 에이해브와는 달리 엄숙한 광기와 죽음을 붙잡지 않은 이유는 고래의 이마가 알려 준 가르침이 있었기 때문일지도 모른다. 이목구비의 명백함으로부터 유추할 수 있는 선명함보다도, 표정이 사라진 뒤의 흐릿한 문장들이 더 강한 법이라고. 이렇게 세이렌의 노랫소리보다도 더 강렬한 여백 위에서 그는 자신이 겪었던 폭풍 같던 모험들을 하나씩 풀어놓는다. 이야기 속에서 시간은 거꾸로 흘러 순간순간의 깨달음이 다시 첨가된 물줄기를 이루고, 빼곡한 우화들은 차곡차곡 양피지에 담겨 쌓여 간다. 또다시 흘러가 버릴 우화를 위하여 내면의 수심(水深)이 깊어짐과 동시에 얼굴의 수심(愁心)도 주름살로 잡힌다. 하얀 두루마리에 적힌 고고한 헌사가 태어나는 순간이다.

마치 글쓰기의 과정과 비슷하지 않은가? 에이해브와 이슈메일의 결정적인 차이점은, 이슈메일에게는 이야기를 생성할 능력이 있었다는 점이다. 그는 본질적으로 예술가였다. 삶을 하나씩 밟아 나가면서 겪는 폭풍과 물결, 바람들은 분명 굵직한 이목구비를 그려 낸다. 그러나 두루마리가 하나둘씩 쌓이면서 다시금 지워지고, 흐린 벽의 이마로 남는다. 다시 해류가 돌고, 다시 지워지고… 모든 과정들은 반복되지만 결코 동일하지 않은 반복으로 계속해서 오고 간다.

이것이 들뢰즈와 가타리가 말한 생성이다. 그들이 합작해서 쓴 『천 개의 고원』은 삶과 예술과 생성의 관계에 대한 철학서다. 글쓰기뿐만 아니라, 그림과 음악이 예술이 될 수 있는 것 역시 마찬가지다.

"여기에는 글의 모든 선, 회화성의 모든 선, 음악성의 모든 선 등이 있어야만 한다. 왜냐하면 우리가 동물이 되는 것은 글을 통해서이고, 지각 불가능하게 되는 것은 색에 의해서이고, 냉혹하고 기억이 없게 되는 동시에 동물이 되고 지각 불가능하게 되는 것, 즉 사랑에 빠지게 되는 것은 음악에 의해서이기 때문이다." 들뢰즈·가타리, 『천 개의 고원』, 김재인 옮김, 새물결, 2001, 356~357쪽.

들뢰즈와 가타리는 그들의 저작 『천 개의 고원』 7장에서 얼굴성에 대해 말한다. 『천 개의 고원』에 『모비딕』과 에이해브 선장이 자주 인용되는 것으로 보아, 그리고 얼굴성에 대한 파트가 동물-되기에 대해 다루고 있는 것으로 보아 분명 『모비딕』에서 말하는 고래의 이마, 특히 인상학에 대한 부분이 그들에게 철학적 영감을 줬음이 틀림없다. 『모비딕』을 읽고 나면 『천 개의 고원』에서 말하는 생성에 대해 더 잘 이해하게 된다.

> 그러나 예술은 결코 목적이 아니다. 예술은 삶의 선들을 그리기 위한 도구일 뿐이다. (……) 얼굴을 해체하기, 그것은 작은 일이 아니다. 들뢰즈·가타리, 『천 개의 고원』, 357쪽.

예술의 속성을 지닌 글쓰기도 목적이 될 수 없다. 삶의 선분들을 담아내는 방편들 중 하나일 뿐이다. 지금 내가 써 내려가고 있는 이 글 역시 마찬가지다. 2019년과 2020년에 걸쳐 써 내려간 『모비딕』에 대한 글은 내가 통과해 가는 하나의 이야기다. 여기에는 최종 목적지가 없다. 그래서 이슈메일이 설파했듯 모든 글은 초고의 초고일 뿐이며, 글을 써 내려가는 모든 존재들에게 필요한 것은 약간의 돈과 많은 시간, 체력과 인내다. 이 이야기 역시 유유히 흘러 나를 지나쳐 가겠고, 내가 다음에 이 책을 다시 만나면 그때 또 다른 흐릿한 문장들이 다시금 나오겠지. 고전이 남겨 놓는 이 여백의 미. 수백 번 수천 번을 써 내려가도 영원히 다르게 변주될 미완의 초고들이야말로 생성 그 자체다. 얼굴들은 계속해서 해체된다.

이제 『모비딕』을 덮으며 가장 기쁜 것이 있다. 이토록 수많은 문장과 글들을 토해 냈음에도 불구하고 다시 하얀 고래를 만나게 된다면 그 고래는 또 다른 이마를 내게 내놓을 것임을 알기 때문이다. 누구의 말마따나 클래식은 영원하다. 이제 처음과는 또 다른 설렘을 남긴 채 『모비딕』을 덮는다.

4) 고전이 일상과 만날 때

어디서 나타났는지도 모를 미지의 바이러스가 세상을 온통 뒤집어 놓는 요즘, 딱 이 타이밍에 맞추어 콧물이 줄줄 흐르고 기침이 나올 때면 나의 상상력은 '설마?' 하는 의심과 함께 불길한 예감들이 연쇄적으로 불붙듯 일어난다. 그럴 때면 『모비딕』에서 이슈메일이 철학이 발휘할 수 있는 효과에 대해 약장수마냥 호언장담하는 문장이 슬쩍 끼어드는 것이다. 당신이 철학을 하는 사람이라면, 항상 죽음을 옆에 끼고 사는 격렬한 포경 보트 위에서도 집 안의 화롯가 옆에 안전하게 앉아 있는 사람보다 더 큰 공포를 느끼지 않을 거라고. 아무렴, 고래잡이의 최전선에 나가 있는 이가 말해 주는 경험담만큼 믿을 만한 것은 없다.

나는 왜 이제껏 공부하고, 『모비딕』에 대한 글을 써 왔던가? 바로 이런 순간에 써먹기 위해서지. 불안한 망상은 순식간에 잠재워지고, 출렁이던 마음은 고요해짐을 느낀다. 참으로 별 것 아닌 것 같지만, 고전 한 권을 늘상 붙들고 있다 보면 일상의 곳곳에 가랑비에 옷이 젖어 가듯 삶 속에 배어드는 문장들을 감지하게 된다. 내가 어느샌가 『모비딕』의 언어에 기대어 생각하고 살아가고 있음을 문득 깨닫는 것이다.

예전에는 밑도 끝도 없는 안개에 둘러싸인 듯한 무지에서 비롯되는 공포와 불안감에 어쩔 줄 몰랐다면, 이제는 앎이 순간순간 가져다주는 단단함과 평온함을 느끼는 동시에, 지금 내 눈앞에 벌어지는 사건들과 인연들을 관찰하는 재미와 호기심은 날이 갈수록 또렷해지고 무궁무진해지는 생생함을 누린다. 공부를 시작한 뒤로, 난 더이상 내 하루하루를 지겨운 쳇바퀴 굴리기의 반복으로 보지 않는 새로운 시선을 확보하게 되었으니까. 이슈메일은 죽을 고비를 넘기고 돌아와서도 우울해하는 것이 아니라 자신은 성경 속의 나사로처럼 죽다가 부활했다고, 이제 남은 생이 얼마나 재밌을지 기대된다고 패기 넘치게 외친다. 내가 정말 사랑하는 이 장면들은 왠지 모를 담담하고 따뜻한 용기로 나를 내면에서부터 데워 주는 것 같다. 일상의 곳곳에 모비딕의 흰고래는 나의 순간순간에 이렇게 헤엄치고 굽이굽이 닿으며 유영한다.

운명을 안다는 것은 생로병사의 스텝을 밟아 나가는 태도와 방식을 스스로 발명하는 것이다. 에이해브와 이슈메일, 이 두 야만인 역시 앎에 대한 각자의 방식, 각자의 깨달음을 그대로 보여 준다. 항로는 다르지만 둘의 공통점은 근원적 질문을 결코 회피하지 않았다는 것. 무지에서 벗어나 앎의 행로를 따라가기 위한 고래사냥을 멈추지 않았다는 점에서 이 책이 보여주는 두 가지의 독특한 항로는 오래도록 고전으로 살아남을 가치가 있다. 이 여정은 선택 사항이 아니다. 현대사회에서 우리는 무엇을 망각하고 있는지, 바로 코앞에 두고 눈 감고 있는 가장 근원적인 질문이 과연 무엇인지 알려고 해야 한다. 이 알려고 하는 의지만이 무지로 인해 마비된 좀비로부터 당신의 생명력을 흔들어 깨울 것이고, 삶과 죽음을 비롯해 우리에게 주어진 모든 순간과 운명의 흐름들을 온전히 누리게 되는 기예를 알려줄 테니까.

> 깨달음의 길을 떠나 헤매는 자는 (살아 있는 동안에도) 죽은 자들 속에 있으리라.『모비딕』, 512쪽(p.645).